シェイクスピア名作劇場

十二夜

斉藤 洋

佐竹美保 絵

ウィリアム・シェイクスピア 原作

TWELFTH NIGHT

Shakespeare Theatre

あすなろ書房

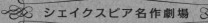

十二夜

もくじ

プロローグ　6
1　伯爵令嬢《はくしゃくれいじょう》のかんばしくない返事と小姓《こしょう》の浮《う》かない顔　12
2　正体はヴァイオラ、小姓《こしょう》のシザーリオの浮《う》かない顔のわけ　24
3　燃《も》えあがった恋《こい》の炎《ほのお》　37
4　女はこわい　50
5　ため息　64
6　天国の門、地獄《じごく》の門　75

7 告白 88
8 あっちこっちにあるおもしろいこと 101
9 笑う侍従《じじゅう》のマルヴォーリオとやる気満々《まんまん》のサー・トービー・ベルチ 115
10 思いがけないどたばた騒《さわ》ぎ 131
11 おもしろいことはまだ起こりそう 153
12 正体発覚 167
13 万事《ばんじ》めでたし、めでたし 178
エピローグ 187
解説《かいせつ》 194

主な登場人物

セバスチャン
双子の兄

ヴァイオラ（シザーリオ）
双子の妹（公爵家の小姓）

アントーニオ
海賊

オーシーノ
イリリアの公爵

ヴァレンタイン
公爵家の廷臣

キューリオ
公爵家の廷臣

サー・トービー・ベルチ
オリヴィアの叔父

オリヴィア
伯爵家の令嬢

サー・アンドルー・エイギュチーク
サー・トービー・ベルチの友人

フェステ
伯爵家の道化

マルヴォーリオ
伯爵家の侍従

マライア
伯爵家の侍女

フェイビアン
伯爵家の召使い

プロローグ

　お祭りさわぎといえば、クリスマス。クリスマスといえば、お祭りさわぎだ、なんていうと、

「なにをふまじめなことをいっておるか！　『クリスマスといえば、お祭りさわぎ』だと？　クリスマスはそんなものじゃない。そもそも、クリスマスというものはだな……。」

としかられてしまうかもしれないが、ともあれ、クリスマスには、お祭りさわぎという面もあり、十二月二十五日の前夜のクリスマスイブ、それから、クリスマスから十二日間の一月六日までは、浮《う》かれたお祭り気分でいていいことになっているようだ。

それで、このお祭りさわぎタイムリミットの一月六日の夜を〈十二夜〉というわけで、これから始まるこの物語は、このクリスマスから十二日目の〈十二夜〉を題名にしている。

だがしかし、じつは、物語の内容《ないよう》はこの日とはほとんど関係がない。

では、なぜ、『十二夜』という題名がついているのかといえば、十二夜のようなお祭り気分という意味あいで、題名が『十二夜』となっているのだ。だから、ほんとうなら、『十二夜のようなお祭り気分』というほうがいいのだが、それだとなんだかずるずるしていて、ぴりっとしないから、『十二夜』にしてある。

しかし、物語のなかみは十二夜にふさわしい。なぜなら、人生、お祭りさわぎの最大のものは恋愛《れんあい》で、恋愛《れんあい》の頂点《ちょうてん》というか、終着駅というか、まあ、それが結婚式《けっこんしき》だから……ということなのだ。

それで、この物語はそういう恋愛《れんあい》のお祭りさわぎのようなものをあつかっていて、それで『十二夜』というわけなのだ。

ところで、恋愛《れんあい》物語といえば、その代表が『ロミオとジュリエット』ということ

になるようだが、『ロミオとジュリエット』を読んで、

〈そりゃあ、ないだろう！　こんなかわいそうなことになるなんて！〉

と思い、本を投げすてたくなった人もいるだろう。『ロミオとジュリエット』は恋《れん》愛悲劇《あいひげき》だから、ああいうことになるのだが、この『十二夜』は恋愛喜劇《れんあいきげき》ともいうべきだから、あんなことにはならない。まあ、登場人物の中にはちょっとひどい目にあってしまう者もいないではないが……。

さて、それでは物語を始めることにするが、どこから始めるかというと、これがまたむずかしい。

主人公は若《わか》い双子《ふたご》の兄妹である。名まえはセバスチャンとヴァイオラ。

このふたりが乗っていた船が嵐《あらし》にあって沈没《ちんぼつ》し、波間に沈《しず》む船からほうりだされ、たがいにあいてを見失い、妹のヴァイオラがイリリアの海岸に、乗っていた船の船長といっしょに流れついた……というところから始めようかと思ったのだが、それだとどうもお祭りさわぎにふさわしくない。

若《わか》い娘《むすめ》がびしょびしょにぬれた服を着て、髪《かみ》の毛《け》もぐっしょりぬれていて、しか

も、その髪《かみ》の毛《け》に海藻《かいそう》がからみついており、顔には海岸の砂《すな》がべっとりついていて、足の切《き》り傷《きず》から血がにじみでている……などというシーンは華《はな》やかではなく、あまりぱっとしない。

だから、浜辺《はまべ》であれこれあったあと、船長の紹介《しょうかい》で、ヴァイオラがイリリアの公《こう》爵《しゃく》、オーシーノの宮廷《きゅうてい》で小姓《こしょう》として働きはじめたというあたりから始めることにする。ついでにいうと、船長はそのあたりの土地の出身なのだ。

ここで、もう、〈おや?〉と思う人もいるだろう。

〈ヴァイオラというのは双子《ふたご》の兄妹の妹のほうで、妹といえば女と相場がきまっているのに、そしてまた、小姓《こしょう》といえば、こちらは男が相場なのに、どうしてヴァイオラは小姓《こしょう》として働くのだ?〉

とそう思ったのではなかろうか。

それはまあ、ヴァイオラとしても、若《わか》い娘《むすめ》だし、侍女《じじょ》としてより小姓《こしょう》として働くほうが安全だと考えたわけで、それから、オーシーノ公爵《こうしゃく》としても、そのときは侍《じ》女《じょ》よりも小姓《こしょう》が必要だったから、すんなりとやといいれる気持ちになったのかもしれない。

あ、そうそう。ひとつだいじなことを忘《わす》れていた。

ヴァイオラは若《わか》いだけではなく、すらっとしていて、とても美しい娘《むすめ》だ。その美しい娘《むすめ》が小姓《こしょう》の衣装《いしょう》を着るとどうなるか？　きれいな女性《じょせい》が髪《かみ》を短くし、男装《だんそう》、つまり、男のかっこうをすると、いっそうきれいに見えることもある……ということをいっておこう。

あ、もうひとつ忘《わす》れていた。

さっきもいったように、小姓《こしょう》は男だから、ヴァイオラという名まえではいかにもまずい。だから、ヴァイオラはシザーリオという男の名で働いている。つまり、ヴァイオラとシザーリオは同一人物だ。

そうそう、それからもうひとつ、これもあらかじめいっておいたほうがいいだろう。

この物語は短いわりには、登場人物が多いのだ。こちらも、なるべく、だれがだれだかわかりやすく物語るつもりではあるが、わからなくなったら、わからないままにせず、もくじの次のページの〈主な登場人物〉を見て、人物をたしかめてから、読み進んでほしい。

世の中、わからないことをわからないままにしておいたほうがいいことも、たまにはある。だが、物語を楽しんでもらうためには、出てくる人物がごっちゃになって、わからなくなるのはよくない。ただでさえ、これから始まる物語では、恋《こい》のゆくえがごちゃごちゃになっていくのだから……。

1　伯爵令嬢《はくしゃくれいじょう》のかんばしくない返事と小姓《こしょう》の浮《う》かない顔

―オーシーノ公爵《こうしゃく》の宮廷《きゅうてい》の広間―

イリリア公国の城《しろ》。

広間のひじかけいすに腰《こし》かけ、右手でほおづえをついて、若《わか》き公爵《こうしゃく》オーシーノは大きくため息をついた。

「あーあ……。」

広間にあつまっている何人もの廷臣《ていしん》のうち、公爵《こうしゃく》のすぐそばに立っていたキューリオはちらりと公爵《こうしゃく》を見てから、いった。

「殿下《でんか》……。」

だが、その声が聞こえないのか、オーシーノ公爵《こうしゃく》はうつろな目で高い天井《てんじょう》を見たまま、なにも答えない。

「殿下《でんか》……。」

もう一度、廷臣《ていしん》キューリオは声をかけたが、やはりオーシーノ公爵《こうしゃく》はだまりこんでいる。

そこで、廷臣《ていしん》キューリオは三度目には、

「殿下《でんか》。公爵殿下《こうしゃくでんか》。狩《か》りにいかれたら、よろしゅうございますよ。」

といった。

すると、ようやくオーシーノ公爵《こうしゃく》は廷臣《ていしん》キューリオの顔を見て、いった。

「狩《か》りだと？　いったい、なにを狩《か》るのだ？」

「なんでもよろしいのですよ。ここで鬱々《うつうつ》として、ため息ばかりおつきになっているのでしたら、たとえウサギでもなんでもよろしいではございませんか。きっと、おもしろうございますよ。」

じつをいうと、この廷臣《ていしん》キューリオは先代の公爵《こうしゃく》の時代からずっと公爵家《こうしゃくけ》の家臣であり、オーシーノ公爵《こうしゃく》が赤んぼうのときから、ずっとそば近くつかえてきた者だった。それで、今までだと、オーシーノ公爵《こうしゃく》の気分がすぐれないときは、だいたい狩《か》りに出かけてくれば、機嫌《きげん》がなおったのである。だが、今度はどうやら、そうはいかないらしい。

オーシーノ公爵《こうしゃく》は両手を頭のうしろでくんで、

「そんなにおもしろいなら、おまえがいけばいいだろ。ウサギなど、狩《か》りをしても、べつにおもしろくはない。」

といった。

「ウサギではおもしろくないですって？　では、シカはいかがです。ウサギより大きいですし、狩《か》りのしがいもあるというものです。」

すると、オーシーノ公爵《こうしゃく》はいかにもあきれたというふうに、大きく息をついてから、

「キューリオ、おまえ、シカだと狩《か》りのしがいもあるなんて、おもしろいことをいったつもりかもしれないが、かりにそうだとしても、シカ狩《が》りにいって、まんまとシカを仕留《しと》めても、死んだシカ、つまりシカの死骸《しがい》しか手に入らぬ。わたしがほしいのは、シカの死骸《しがい》などではない。そんなものではなく……。」

といったのだが、そこまでいったとき、広間のとびらが開き、廷臣《ていしん》ヴァレンタインが入ってきた。

廷臣《ていしん》ヴァレンタインも、親代々《おやだいだい》の公爵家《こうしゃくけ》の家臣であり、自分自身、ここイリリアの公爵《こうしゃく》の城《しろ》ではたらくようになってからだいぶ長いが、それでも廷臣《ていしん》キューリオよりはだいぶ年下で、まだ三十歳《さい》を少し出たばかりである。

その廷臣《ていしん》ヴァレンタインの姿《すがた》を見て、オーシーノ公爵《こうしゃく》は立ちあがり、声をかけた。

「おお、ヴァレンタイン。どうだった？　あの人から色よい返事をもらえたか？」

すると、ヴァレンタインはオーシーノ公爵《こうしゃく》の近くまで、ゆっくりともいえないし、いそいでいるともいえないような、宮廷人《きゅうていじん》に独特《どくとく》な速さで歩いてくると、深々《ふかぶか》とおじぎをしてから、いかにも残念そうに答えた。

「公爵殿下《こうしゃくでんか》。遺憾《いかん》ながら、伯爵《はくしゃく》ご令嬢様《れいじょうさま》にはお目どおりがかなわず、小間使いをとおしてのお言葉しかいただけませんでした。」

これを聞いて、オーシーノ公爵《こうしゃく》は、

「うむ、それで……。」

と先をうながしたが、廷臣《ていしん》キューリオにしてみれば、使いから帰ってきた廷臣《ていしん》ヴァレンタインのようすを見れば、持ち帰ってきた返事がかんばしくないことはすぐにわかったし、だいたい、むこうは伯爵家《はくしゃくけ》、こちらは公爵家《こうしゃくけ》となれば、家の格はむこうが下なのだ。それなのに、公爵《こうしゃく》からの使いの者に自分で会わず、小間使いにかわりに返事をさせるとは、まったくもって無礼千万であると思った。しかし、そんなことはもちろん、口に出すどころか、顔にも出さない。

廷臣《ていしん》ヴァレンタインは答えた。

「オリヴィア様は、このさき七度夏がめぐるあいだ、修道女《しゅうどうじょ》のようにヴェールでお顔をかくし、どなたにもお目にかからないそうでございます。それというのも、先《せん》だって亡《な》くなられた兄上様への愛のためであり、七年の間、喪《も》に服するとおきめになったから……と、そういうことでございました。」

これを聞いて、廷臣《ていしん》キューリオは、いったいオリヴィアの兄の伯爵《はくしゃく》が亡《な》くなって、どれくらいたっただろうかと、頭の中で考えてみた。

何年前だったかさだかではないが、妹が喪《も》に服さねばならない年月はとっくにすぎているはずだった。

その伝言を聞いて、オーシーノ公爵《こうしゃく》は、

「ばかにするな！　あと七年だと？　それは、こっちの結婚申《けっこんもう》し込《こ》みをことわる口実だろうが！」

などと声をあらげるどころか、感きわまったように、

「おお、なんとおやさしいおかただろうか……。」

とのどからふりしぼったような声でいい、そのあと、こういったのだ。

「兄上にたいしてでさえ、そのように愛が深いとすれば、もし、それが男、たとえばこのわたしにむいたなら、その愛はどれほどのものとなるのだろうか。山よりも高く、海よりも深い愛となるであろう！」

廷臣《ていしん》キューリオはこの言葉を聞いて、とうとう大きなため息をついてしまった。

それで、廷臣《ていしん》キューリオ自身、しまったと思ったとき、オーシーノ公爵《こうしゃく》に顔をのぞきこまれ、

「どうしたのだ、キューリオ。ため息などをついて。」

といわれてしまった。

もちろん、廷臣《ていしん》キューリオは、

「殿下《でんか》がオリヴィア様から期待できる愛は、山よりも深く、海よりも高い程度《ていど》のものです。ありていにもうしあげれば、ゼロということでございます。」

ともいえず、

「オリヴィア様の愛の大きさに、このわたくしめも、おもわずため息が出てしまったしだいでございます。」

と答えたのだった。

廷臣《ていしん》キューリオにしても、けっして主人のオーシーノ公爵《こうしゃく》のことがきらいなわけでもないし、ばかにしているわけでもない。それどころか、まだよちよち歩きのころからつかえているのであり、オーシーノ公爵《こうしゃく》を思う気持ちはほかのどの廷臣《ていしん》にくらべても、けっしてひけをとらないと思っている。だからこそ、まだ若《わか》い主人が、こちらにまるで気持ちのない女に夢中《むちゅう》になっていることがくやしくもあり、腹立《はらだ》たしくもあるのだった。

とにかく、ここはもう、なるべくオリヴィアという名を出さないようにして、主人が早くほかの女性《じょせい》か、さもなければ、狩《か》りでも武術《ぶじゅつ》でもなんでもいいから、気持ちをうつしてもらうしかないのだ……、と、廷臣《ていしん》キューリオがそう思ったとき、廷《てい》臣《しん》キューリオにしてみれば、よけいなことを、また、オーシーノ公爵《こうしゃく》にしてみれば、なかなかの名案を、廷臣《ていしん》ヴァレンタインがもうしでた。

「公爵殿下《こうしゃくでんか》。わたくしめが思いますには、使いに出むいた者がわたくし、つまり、殿下《でんか》の家臣の中でも、五本の指に入るような、自分の口でもうすのもなんですが、いわば、殿下《でんか》の側近が出かけていったから、まずかったのではないでしょうか。オリヴィア様にしても、正式な使者に会ってしまえば、いくら殿下《でんか》のことがお好きでも、まさか、『公爵殿下《こうしゃくでんか》に、わたしの愛の深さをおつたえください。』などとはおっしゃりにくく、もう少し気楽に話ができるような者を使いに出せば、ご縁談《えんだん》もかえって進展《しんてん》するのではと拝察《はいさつ》するしだいであります。そこで、いかがでしょう。先日、小姓《こしょう》としておやといになったシザーリオを使いにお出しになっては？　シザーリオでしたら、見た目もなかなかですし、ほっそりと美しく、オリヴィア様も少し話でもしてみようかな、とお思いになるかもしれません。会って話を聞いていただければ、公爵殿下《こうしゃくでんか》のたぐいまれなるすばらしさをおつたえすることもできようというものでございます。」

ヴァレンタインのやつ、うまく責任《せきにん》のがれをしたな、と廷臣《ていしん》キューリオは思った。たしかに廷臣《ていしん》ヴァレンタインは公爵殿下《こうしゃくでんか》の側近といっていい。しかし、側近がいってだめなものを小姓《こしょう》がやりおおせるはずもないではないか。

廷臣《ていしん》キューリオはまたため息をついてしまいそうになったが、オーシーノ公爵《こうしゃく》は、

「おお、ヴァレンタイン！　それはなかなかの案かもしれぬ！　すぐに、あの小姓《こしょう》をここにつれてまいれ！」

とうれしそうにいったのだった。

すぐに衛兵《えいへい》が、正体はヴァイオラ、小姓《こしょう》のシザーリオをむかえにいった。

やってきた正体はヴァイオラ、小姓《こしょう》のシザーリオに、廷臣《ていしん》ヴァレンタインはことこまかに使者の口上を教え、

「とにかく、オリヴィア様から、公爵殿下《こうしゃくでんか》とのご婚約《こんやく》につき、よい返事をいただい

てくることが肝要《かんよう》だ。」

といって、話をしめくくった。

　正体はヴァイオラ、小姓《こしょう》のシザーリオは最後に、

「かしこまりました。」

と答えたものの、どういうわけか、廷臣《ていしん》ヴァレンタインから話を聞いているあいだ、浮《う》かない顔をしていた。

　それを見て、廷臣《ていしん》キューリオは、それも無理はないと思った。海にいって、山の珍味《ちんみ》のトリュフをとってこいといわれて、楽しく出かけていく者などいはしないではないか。

　そういうような、海にトリュフをとりにいかされるような、正体はヴァイオラ、小姓《こしょう》のシザーリオにむかって、廷臣《ていしん》ヴァレンタインはふところから何かを出しながら、

「おお、そうだ。もし、伯爵令嬢《はくしゃくれいじょう》オリヴィア様にお目どおりがかなったら、これをおわたししろ。いらないとおっしゃっても、無理にでもおわたししてくるのだぞ。」

といった。そして、正体はヴァイオラ、小姓《こしょう》のシザーリオの手に、美しい布《ぬの》につつまれたものをねじこんだ。

正体はヴァイオラ、小姓《こしょう》のシザーリオがそれをそっと開いてみると、それは婚約《こんやく》指輪であった。

2　正体はヴァイオラ、小姓《こしょう》のシザーリオの浮《う》かない顔のわけ

――伯爵《はくしゃく》の屋敷《やしき》につづく並木道《なみきみち》――

オーシーノ公爵《こうしゃく》の側近、ヴァレンタインにいわれ、正体はヴァイオラ、小姓《こしょう》のシザーリオはすぐに公爵《こうしゃく》の城《しろ》を出て、坂道をくだり、伯爵《はくしゃく》の屋敷《やしき》につづく並木道《なみきみち》を歩いていった。

歩く姿《すがた》を見れば、まだ浮《う》かない顔をしており、目も伏《ふ》し目《め》がちだ。

ところで、じつは、正体はヴァイオラ、小姓《こしょう》のシザーリオが浮《う》かない顔をしていて、城《しろ》から出たあとも、それが変わっていないのは、廷臣《ていしん》キューリオが思ったように、海にいって、山の珍味《ちんみ》のトリュフをとってこいといわれたから、つまり、とても首尾《しゅび》よくはたす見込《みこ》みのない使いにいくからではなかった。

じつは、イリリアの伯爵家《はくしゃくけ》というのは、伯爵令嬢《はくしゃくれいじょう》のオリヴィアの兄が生きていた

ころから、なんというか、ちょっと変わったところのある家だったのだ。

変わったところというのは、天井《てんじょう》が屋根の上にあるとか、門から中庭に入り、玄《げん》関《かん》を開けると、またそこは中庭になっているとか、そういうことではない。

そういう建築上《けんちくじょう》のことではなく、人間のことだ。

伯爵家《はくしゃくけ》の屋敷《やしき》には、オリヴィアの叔父《おじ》にあたるサー・トービー・ベルチという男が居候《いそうろう》をしているのだが、これがまた酒飲みで、屋敷《やしき》の中だけではなく、町にいっても、あっちこっちで酔《よ》っぱらって、くだをまいている。それで、伯爵令嬢《はくしゃくれいじょう》の侍女《じじょ》のマライアに、いつも小言をいわれている。でもその小言はいっこうに功をなさない。

それだけではない。このサー・トービー・ベルチには、サー・アンドルー・エイギュチークという悪友がいて、この男は背《せ》が高いのだが、高いのは背《せ》だけではない。領地《りょうち》からあがる収入《しゅうにゅう》が一年に三千ダカットほどあるということで、収入《しゅうにゅう》も高い。そして、四か国語の読み書きができて、もちろん、話すこともできる。さらに、ヴィオラ・ダ・ガンバを弾《ひ》けるということで、なかなかの人物だ。このなかなかの人物がよくサー・トービー・ベルチをたずねてくる。

だが、このサー・アンドルー・エイギュチークがサー・トービー・ベルチのところ、つまり伯爵家《はくしゃくけ》によくくるのは、じつをいうと、悪友のサー・トービー・ベルチが目的ではない。伯爵令嬢《はくしゃくれいじょう》オリヴィアが目的なのだ。サー・アンドルー・エイギュチークは伯爵令嬢《はくしゃくれいじょう》オリヴィアに求婚《きゅうこん》しようとしているのである。

これはじつにゆゆしき問題なのだ。なぜなら、サー・アンドルー・エイギュチークがいくら熱をあげたって、伯爵令嬢《はくしゃくれいじょう》オリヴィアのほうでは、まるでなんとも思っていないからだ。せいぜいのところ、おもしろくて、いい人くらいにしか思っていない。

女性《じょせい》から男性《だんせい》にたいして、だいたい愛だの恋《こい》だの、惚《ほ》れただの夢中《むちゅう》になるだのというのは、〈おもしろい人〉とか〈いい人〉というのはだめで、〈おもしろい人〉とか〈いい人〉というのが女性《じょせい》どうしのおしゃべりのあいだに出てくると、

「あの人はいい人なんだけど……。」

とか、

「あの人はおもしろい人なんだけど……。」

というふうに、〈なんだけど……。〉というのがうしろについて、つまりは、恋人《こいびと》にするにはどうかと思う、ということなのだ。

ここで誤解《ごかい》してならないのは、この〈いい人〉という言葉だ。この〈いい人〉という言葉はむずかしく、まえに〈わたしの〉とか〈あなたの〉とかがつくと、意味がちがってくる。

「あの人はわたしのいい人なの。」

と女性《じょせい》がいうと、それは、

「あの人はわたしの恋人《こいびと》なの。」

と同じ意味だ。

わかりにくいかもしれないが、〈いい人〉では〈わたしのいい人〉にはなれない。

「え？　あの人がわたしのいい人じゃないかって？　いやね、そんなことないわよ。

たしかに、あの人はいい人だけど、わたしのいい人じゃないわ。」

と、こういうことになる。

おもしろい人といえば、伯爵家《はくしゃくけ》には、住《す》み込《こ》みの道化《どうけ》がひとり、やとわれている。道化《どうけ》はなにしろ道化《どうけ》だから、だれに何をいっても許《ゆる》されるという立場だ。女主人のオリヴィア伯爵令嬢《はくしゃくれいじょう》にも、その叔父《おじ》で、居候《いそうろう》のサー・トービー・ベルチにも、それからその居候《いそうろう》の友《とも》だちのサー・アンドルー・エイギュチークにも、そして、侍女《じじょ》のマライアにも、いいたいほうだい。それだけなら、それは家族の問題ですむのだが、この道化《どうけ》は、伯爵家《はくしゃくけ》にやってきたお客のだれかれにも、悪口雑言《ぞうごん》、めちゃくちゃにいうのだ。

ところが、世の中には酔狂《すいきょう》な人がけっこういるもので、そういう家におもしろがって遊びにいく者は少なくない。だが、そういうところをおもしろがる者というのは、やはり、世間の常識《じょうしき》とはちょっとちがう考えを持っていたりするものだ。類は友を呼《よ》ぶということだ。

ただひとり、伯爵家《はくしゃくけ》の侍従《じじゅう》のマルヴォーリオだけは、まともといえばまともなのだが、ややもすると、まともすぎるというか、融通《ゆうずう》がきかないというか、とにかくかたぶつで、それから、召使《めしつか》いのフェイビアンというのは……。いや、召使《めしつか》いのことまであれこれいっていると、物語が進まないから、このあたりでやめておこう。とにかく、伯爵家《はくしゃくけ》というのはそういうところだから、普通《ふつう》の神経《しんけい》の者がいっても、あまり楽しい場所ではない……というのが評判《ひょうばん》で、そういうことはイリリア中に知れわたっている。

なにしろ、伯爵家《はくしゃくけ》というのはそういうところだから、正体はヴァイオラ、小姓《こしょう》のシザーリオだって、いくのに気が重くなっても、これまた無理もない……。

とまあ、そういうことで、正体はヴァイオラ、小姓《こしょう》のシザーリオが、廷臣《ていしん》ヴァレンタインに、

「とにかく、オリヴィア様から、公爵殿下《こうしゃくでんか》とのご婚約《こんやく》につき、よい返事をいただいてくることが肝要《かんよう》だ。」

といわれたとき、

「かしこまりました。」

と答えたものの、どういうわけか、廷臣《ていしん》ヴァレンタインから話を聞いているあいだ、浮《う》かない顔をしていたことの理由だったのだ……と思ったら大まちがい。たしかに、

それも理由の中には入っていただろうが、ほんとうの理由はそういうことではない。

伯爵令嬢《はくしゃくれいじょう》オリヴィアからすると、オーシーノ公爵《こうしゃく》はあまり気にいらないようではあるが、じつのところ、オーシーノ公爵《こうしゃく》というのはなかなかの男前なのだ。

男前というのは、前が男で、うしろが女という意味ではない。もし、そうだとすると、小姓《こしょう》のふりをしているが、じつは女という正体はヴァイオラ、小姓《こしょう》のシザーリオと共通するところがあることになるが、男前というのはそういう意味ではない。男前というのは、このごろ使わない言葉になったが、つまり、ハンサムということで、あ、このハンサムという言葉も最近ではあまり口にしなくなっていて、つまりはイケメンということなのだ。

イケメンだけではない。なにしろ公爵《こうしゃく》なのだ。公爵《こうしゃく》というのは貴族《きぞく》の最高位で、とても裕福《ゆうふく》だ。身分が高くてお金持ちなら、それだけで女心はくすぐられてしまうものだが、でもしかし、ここで、正体はヴァイオラ、小姓《こしょう》のシザーリオの名誉《めいよ》のためにいっておくと、正体はヴァイオラ、小姓《こしょう》のシザーリオは、はじめて公爵《こうしゃく》の城《しろ》にやってきて、オーシーノ公爵《こうしゃく》を見たとき、それが公爵《こうしゃく》だとは思わなかったのだ。

公爵《こうしゃく》というから、なんとなく年寄《としより》だと思っていて、しかも、オーシーノ公爵《こうしゃく》が日々《ひび》の剣術《けんじゅつ》のけいこを終えたばかりのときだったから、普段着《ふだんぎ》で、とても公爵《こうしゃく》には見えず、せいぜいのところ、公爵《こうしゃく》にやとわれている剣術《けんじゅつ》のコーチくらいにしか見えなかった。

だが、しかし、正体はヴァイオラ、小姓《こしょう》のシザーリオは、剣術《けんじゅつ》のコーチにしか見えないオーシーノ公爵《こうしゃく》をひと目見たとき、からだに電撃《でんげき》が走ったのだ。

ガツーン！

電撃《でんげき》とはつまり、恋《こい》の稲妻《いなずま》、愛の衝撃《しょうげき》！　早い話がひと目ぼれというやつだ。

正体はヴァイオラ、小姓《こしょう》のシザーリオ……って、ところで、なぜヴァイオラのことを、ここまでしつこく〈正体はヴァイオラ、小姓《こしょう》のシザーリオ〉といってきたかというと、べつに、いやがらせをしているわけではない。正体はヴァイオラ、小姓《こしょう》のシザーリオは、ときにヴァイオラであったり、またときにシザーリオになったりするので、ヴァイオラとシザーリオが同一人物だということを肝《きも》に銘《めい》じておいてほしいから、くどくどと、何度も何度も、〈正体はヴァイオラ、小姓《こしょう》のシザーリオ〉

といっているのだ。

それで、正体はヴァイオラ、小姓《こしょう》のシザーリオは、乗っていた船が難破《なんぱ》してしまい、双子《ふたご》の兄のセバスチャンがどうなっているかわからないのに、まあ、オーシーノ公爵《こうしゃく》のところにつれてきた船長がいうには、

「ご安心なさい。望みはあります。わたしたちの船が難破《なんぱ》したとき、マストの木材にからだをしばりつけて、荒波《あらなみ》にのって、遠ざかるのを、このわたしはしかと目撃《もくげき》しましたから。」

ということなのだが、それだとて、気休めにいった嘘《うそ》かもしれないし、たとえほんとうだったとしても、〈マストの木材にからだをしばりつけて、荒波《あらなみ》にのって、遠ざかる〉というのが〈ご安心なさい〉に直結するとは思えないし、せいぜいのところ、〈望みはある〉程度《ていど》のところなのだ。

そんな状況《じょうきょう》なのに、つまり、兄がどうなったかわからない状況《じょうきょう》なのに、からだに電撃《でんげき》を走らせて、恋《こい》の稲妻《いなずま》だの愛の衝撃《しょうげき》だのと、そういう浮《うわ》ついたことでいいのかというと、たしかにそれは望ましくないことではあるかもしれないが、けれども、

電撃《でんげき》が走ってしまったものは、もうどうしようもないのだ。

と、まあ、そういうわけで、正体はヴァイオラ、小姓《こしょう》のシザーリオとしては、オーシーノ公爵《こうしゃく》とのことで、自分が恋《こい》のキューピッドの応援《おうえん》がほしいときに、ほかの女に恋《こい》しているオーシーノ公爵《こうしゃく》のために、キューピッド役など、したいわけがない。

廷臣《ていしん》ヴァレンタインに、

「とにかく、オリヴィア様から、公爵殿下《こうしゃくでんか》とのご婚約《こんやく》につき、よい返事をいただいてくることが肝要《かんよう》だ。」

といわれても、万一よい返事をいただけたらどうしよう……というところが本音である。

そうそう、その、マストの木材にからだをしばりつけて、荒波《あらなみ》にのって、遠ざかっていった、正体はヴァイオラ、小姓《こしょう》のシザーリオの双子《ふたご》の兄のセバスチャンだが、荒波《あらなみ》にのって、遠ざかっていったあと……、あ、ここでセバスチャンがどうなったか語ってしまっては、物語を楽しんでいるほうにしてみれば興《きょう》ざめかもしれないが、けれども、この物語は『ロミオとジュリエット』のような恋愛悲劇《れんあいひげき》ではなく、恋愛喜劇《れんあいきげき》だから、だれだって、セバスチャンはサメに食べられてしまったとか、そういうひどいことになっているはずはないと、そう思っているにちがいない。だから、ここで話してしまうが、そのとおりなのだ！

セバスチャンはたまたまとおりがかったほかの船に助けられ、その船の船長に、みょうに気にいられてしまい、イリリアまで送ってくれただけではなく、どういうわけか、

「どうか、召使《めしつか》いとして、わたしにおともをさせてください！」

とまでいわれてしまい、

「いや。わたしは妹をさがさなくてはならないから。」

とことわったのだが、どうも、セバスチャンについてきてしまっているようなのだ。その船長の名まえはアントーニオというのだが、じつをいうと、このアントーニオはオーシーノ公爵《こうしゃく》から見ると、仇《かたき》も同然で、なぜかといえば……。

おや、そうこうしているうちに、正体はヴァイオラ、小姓《こしょう》のシザーリオ、いや、

もうこのへんでただシザーリオというだけにするが、そのシザーリオが伯爵《はくしゃく》の屋敷《やしき》の門に着いたようだ。アントーニオの事情《じじょう》についてはまたにしよう。今はシザーリオだ。

さて、そのシザーリオ、顔を見れば、あいかわらず沈《しず》んだ表情《ひょうじょう》をしているのだが……。

3

燃《も》えあがった恋《こい》の炎《ほのお》

――伯爵家《はくしゃくけ》の応接間《おうせつま》――

小姓《こしょう》のシザーリオが伯爵《はくしゃく》の屋敷《やしき》の門に着いて、開けっぱなしになっている鉄の門を通り、玄関《げんかん》につづく小道を歩きだしたころ、屋敷《やしき》の応接間《おうせつま》では、侍女《じじょ》のマライアが伯爵家《はくしゃくけ》の道化《どうけ》となにやらいいあいをしていた。

どうやら、原因《げんいん》は道化《どうけ》が無断《むだん》で外出し、しばらく屋敷《やしき》にいなかったことのようだ。

「さあ、どこにいっていたのか、おっしゃいなさい。いわなければ、お嬢様《じょうさま》にお願いして、あんたをしばり首にしてやるからね。」

侍女《じじょ》のマライアがそんな、おだやかでないことをいうと、道化《どうけ》はえへらえへらと笑いながら答えた。

「しばり首だって？　そいつはいいね。ぜひそうしてもらいたい。一度しばり首になってしまえば、次からは、何日お屋敷《やしき》をあけようが、それどころか、町でどんな悪さをしようが、二度としばり首にはならないどころか、侍女《じじょ》ふぜいに、がみがみもんくをいわれることもなくなるからな。」

「まあ、なんてなまいきな！」

「こっちは道化《どうけ》だ。なにをいったっていいきまりだ。それに、しばり首じゃたりなくて、しばった首をばっさり切って、つまり、首切りっていうことで、ここを追いだしてやるっていうんなら、おもしろい。やってみればいいのだ。それくらいのことを覚悟《かくご》できてなきゃ、とても道化《どうけ》なんかやっていられるもんじゃない。こちとら、そのあたりのことは首をくくって、いや、腹《はら》をくくって、おつとめしてるんだ。それに、なんだって？　なまいきだって？　なまで生きてなきゃ、死んじまう。それとも、あんた。あんたは焼いて生きているのか？　あ、どうりで、わかったぞ。あんた、おれが朝からいなかったからって、それで怒《おこ》ってるんじゃないだろ。おれじゃなくて、サー・トービー・ベルチ様の姿《すがた》が見えないからじゃないか。どこかの若《わか》い女の尻《しり》を追いかけまわしてるんじゃないかって、焼いたからだの焼きもちで、があがあさわいでいるってわけか？」

「サー・トービー・ベルチ様がいらっしゃらないからって、なんでわたしが焼きもちを焼かなけりゃならないの？」

「なんでかは、自分の胸《むね》に聞いてみたらどうだ？　あ、それはだめだな。だいたい、だれだって、だれかのことを問いつめるより、自分を問いつめることが苦手だからな。自分の胸《むね》に耳をあてられるくらい首が長いやつなんて、そうはいない。ああ、わかったぞ。あんたなら、できるかもな。だって、朝からずっと、そうやって首を長くして、サー・トービー・ベルチ様のご帰還《きかん》を待ってるんだからな。長くなりきった首をくるっとまわせば、耳が胸《むね》にとどくってもんだ。いや、そんな首があるんなら、自分の胸《むね》に耳をあてるより、サー・トービー・ベルチ様の胸《むね》にまきつけたいんだろ。かくしても無駄《むだ》だ。」

と、まあ、こんな感じなのだが、侍女《じじょ》のマライアがひとことというと、道化《どうけ》はその何倍もいいかえす。それが道化《どうけ》というものなのだ。

それで、侍女《じじょ》のマライアが、

「いつまでもへらずぐちをたたいていると、お嬢様《じょうさま》にいいつけるからね。」

といい、そのあと、道化《どうけ》が、

「あいにく口はひとつしかないから、へらすわけにもいかない。それとも、あんたには口がふたつあるのかい。もうひとつの口でなにをするんだ。わかったぞ。あまっている口で、サー・トービー・ベルチ様と……。」

といいかえしたところで、奥《おく》から伯爵令嬢《はくしゃくれいじょう》オリヴィアが侍従《じじゅう》のマルヴォーリオと何人かの従者《じゅうしゃ》をつれて、応接間《おうせつま》に入ってきた。

「いったい、なにをさわいでいるのですか。」

伯爵令嬢《はくしゃくれいじょう》オリヴィアにそういわれ、さきに返事をしたのは道化《どうけ》だった。

「はい、お嬢様《じょうさま》。こちらにおいでの夢見心地《ゆめみごこち》の侍女様《じじょさま》に、『恋《こい》しいサー・トービー・ベルチ様はどこにおいでになったのかしら？』とあまい声で、きびしく問いつめられていたので、わたくしめが、『お嬢様《じょうさま》の叔父上様《おじうえさま》のサー・トービー・ベルチ様でございましたら、門から玄関《げんかん》につづく小道にあるベンチでお昼寝《ひるね》をなさって、酔《よ》っぱらっておられます、いや、そうじゃない、酔《よ》っぱらって、ベンチでお昼寝《ひるね》をなさっておられます。』と、そうご報告《ほうこく》もうしあげようとしていたところに、ちょうどお嬢様《じょうさま》がいらしたわけで、わたくしどもは、けっして、けっして、無益《むえき》にさわいでいたのではございません。」

すると、侍女《じじょ》のマライアは、玄関《げんかん》に出る両開きのドアにちらりと目をやり、

「まあ、サー・トービー・ベルチ様、そんなところでお昼寝《ひるね》なんて……。」

と小さな声でひとりごとをいってから、伯爵令嬢《はくしゃくれいじょう》オリヴィアに、

「ちょっと叔父上様《おじうえさま》のごようすを見てまいります。」

といい、そのドアから出ていった。

ところが、侍女《じじょ》のマライアはすぐにもどってきて、こういった。

「お嬢様《じょうさま》。玄関《げんかん》にどなたかおいでになっております。」

「どなたって?」

「さあ、どなたかはわかりませんが、とても美しいおかたで。」

「美しいおかた?　それで、マライア。あなた、そのお客様をほうっておいて、ここにもどってきたの?」

「いえ、ほうっておいたわけではありません。ただ今、叔父上様《おじうえさま》のサー・トービー・ベルチ様がお客様のおあいてをなさっておられますから。」

「なんですって、叔父様《おじさま》がお客様のおあいてを？　それはいけないわ。叔父様《おじさま》はなにをいいだすか、わからないかたよ。わかっているでしょ、マライア。」

伯爵令嬢《はくしゃくれいじょう》オリヴィアがそういって眉《まゆ》をよせると、侍従《じじゅう》のマルヴォーリオは侍女《じじょ》のマライアに、

「そうだぞ、マライア。サー・トービー・ベルチ様はなにをいわないか、わかっておられるおかた、いや、それならいいが、なにをいうか、わからないかたではないか。」

といってから、伯爵令嬢《はくしゃくれいじょう》オリヴィアにいった。

「お嬢様《じょうさま》。わたしが見てまいりましょう。」

「そうね。それで、もしオーシーノ公爵殿下《こうしゃくでんか》からのお使いだったら、わたしは病気だとか、留守《るす》だとか、そういって、帰っていただいて！」

ところが、伯爵令嬢《はくしゃくれいじょう》オリヴィアがそういいはしたが、まだ仮病《けびょう》も居留守《いるす》もつかわないうちに、バタンと大きな音をたてて、ドアが開き、そこに、酔《よ》っぱらった

サー・トービー・ベルチがあらわれた。

サー・トービー・ベルチのうしろには、小姓《こしょう》の服を着た若《わか》い男が立っている。

むろん、それは公爵《こうしゃく》の小姓《こしょう》のシザーリオだが、まだこのときは、伯爵令嬢《はくしゃくれいじょう》オリヴィアは、それが公爵《こうしゃく》の小姓《こしょう》のシザーリオだということも知らないし、いうまでもなく、正体がヴァイオラだということもわかっていない。見てすぐにわかったことといえば、それがとてもきれいな男だということだ。

まあ、きれいか、きれいでないか、という判断《はんだん》は、人によってちがうというが、それはうそだ。きれいなものはだれが見たって、きれいなのだ。たとえば、バラの花だが、あれはだれが見ても美しい。だが、人によっては、バラがきらいということもある。しかし、それはバラがきれいではないからきらいなのではなく、たとえば、とげがあるからきらいだとか、いかにも上品ぶっているようでいやだとか、そういうことで、その人だって、バラを美しいとは思っているのだ。

それから、たとえば、美女にしても美男にしても、AからZまでいろいろ種類はあるわけで、そのうちのCタイプがいいという者もいれば、Kタイプがいいという人もいる。

それで、たとえば、小姓《こしょう》のシザーリオの美しさがCタイプだったとすると、このCタイプこそ、伯爵令嬢《はくしゃくれいじょう》オリヴィアのもっとも好みのタイプだったとしても、それは、小姓《こしょう》のシザーリオのせいではない。せいではないが、だからといって、それで無罪放免《むざいほうめん》ということにならないのが世の常《つね》なのだ。

それからもうひとつ。男女というのは、長い時間をかけて、たがいにあいてを理《り》解《かい》していくうちに、だんだん愛がはぐくまれていくということもある。たしかに、そういうことも、あるにはある！ あるにはあるが、だが、しかし、じつをいうと、そうでないことのほうが多いのだ。見た瞬間《しゅんかん》、わっと恋《こい》の炎《ほのお》が燃《も》えあがるということのほうがずっと多い。

なにをぐたぐたいっているかというと、小姓《こしょう》のシザーリオを見た瞬間《しゅんかん》、伯爵令嬢《はくしゃくれいじょう》オリヴィアの心に恋《こい》の炎《ほのお》が燃《も》えあがってしまったということだ。

そうとは知らず、小姓《こしょう》のシザーリオは応接間《おうせつま》に入ってくると、あたりを見まわし、

「オーシーノ公爵家《こうしゃくけ》からの使いでまいったのですが、お嬢様《じょうさま》は……？」

といったのだが、侍女《じじょ》のマライアは最後までいわせずに、

「お嬢様《じょうさま》はお留守《るす》です。さもなければ、ご病気です。なんなら、その両方です！　ですから、さあさあ、すぐにお帰りください。玄関《げんかん》までわたしが……。」

と、これまたそこまでいうと、伯爵令嬢《はくしゃくれいじょう》オリヴィアがそれをさえぎった。

「お待ちなさい、マライア。」

それから、伯爵令嬢《はくしゃくれいじょう》オリヴィアはうっとりとした目で小姓《こしょう》のシザーリオを見て、

「それで、公爵様《こうしゃくさま》がどんなことを？」

といったのだ。

これには、侍女《じじょ》のマライアも驚《おどろ》いたし、侍従《じじゅう》のマルヴォーリオも、

「えっ？」

と声をもらした。

ついさきほど、求婚《きゅうこん》の使者にきた公爵《こうしゃく》の廷臣《ていしん》ヴァレンタインをけんもほろろに追いかえしたばかりではないか！

どんなことをときかれれば、いうことはたくさんある。小姓《こしょう》のシザーリオはまず、

「オーシーノ公爵様《こうしゃくさま》はりっぱなおかたで、広いのは領地《りょうち》だけではなく、お心も広く……。」

とほめたたえた。これについては、日ごろ自分が思っていることをそのままいえばいいのだから、そんなにたいへんではない。すらすら、すらすら、次々《つぎつぎ》にいえてしまう。いいながら、伯爵令嬢《はくしゃくれいじょう》オリヴィアの顔を見ると、なぜだか目がうるみ、うっとりとしているようなので、小姓《こしょう》のシザーリオは、あまりいい気持ちはしないけれど、これならひょっとして脈があるかもしれないと、そう思わないではいられなかったほどだ。

それで、オーシーノ公爵《こうしゃく》へのほめ言葉をひととおりいってから、

「そのようなオーシーノ公爵様《こうしゃくさま》のあなた様への思いは……。」

と、廷臣《ていしん》ヴァレンタインからならった使者の口上をいいかけると、伯爵令嬢《はくしゃくれいじょう》はとたんにきびしい顔になり、

「それなら、もうおことわりしたはずです！」

とぴしゃりといい、

「さあ、お帰りください……。」

といいたしたのだが、

「それなら、もうおことわりしたはずです！」

という言葉と、そのあとの
「さあ、お帰りください……。」

のあいだに、だいぶいいかたのちがいがあった。

それでも、帰れといわれれば、帰らないわけにはいかない。とはいえ、ひとつでも任務《にんむ》をはたそうと、小姓《こしょう》のシザーリオは伯爵令嬢《はくしゃくれいじょう》オリヴィアにつめより、その手に指輪入りの布《ぬの》づつみを押《お》しこんで、

「どうぞ、これを！　公爵殿下《こうしゃくでんか》からです！」

といった。

それから、小姓《こしょう》のシザーリオは宮廷式《きゅうていしき》のおじぎをして、

「それでは失礼します。」

といって、伯爵令嬢《はくしゃくれいじょう》オリヴィアに背《せ》をむけ、そそくさと応接間《おうせつま》から出ていき、控《ひか》え

の間《ま》をぬけ、庭に出た。すると、あとから侍従《じじゅう》のマルヴォーリオがおいかけてきて、小姓《こしょう》のシザーリオを呼《よ》びとめ、そのふところに、さきほど伯爵令嬢《はくしゃくれいじょう》オリヴィアにわたした布《ぬの》づつみをねじこんで、こういった。

「こんなものはいらないから、お返ししろと、お嬢様《じょうさま》はおっしゃっておいでだ。公《こう》爵殿下《しゃくでんか》のところにもどったら、何度使者をよこしても、無駄《むだ》だからおやめくださいとおつたえしろ。かなわぬ望みをお持たせするようなことはいってほしくないとのことだ。お嬢様《じょうさま》が公爵殿下《こうしゃくでんか》をお好きになることは金輪際《こんりんざい》ない。だが、お嬢様《じょうさま》がおっしゃるには、『あの小姓《こしょう》さんにだって、立場があるだろうから、どうしてわたしが公爵殿下《こうしゃくでんか》を好きになれないのか、その理由を知りたければ、あした、ここにくるようにつたえなさい。いそぐのよ、マルヴォーリオ！』とのことだ。」

「いそぐのよ、マルヴォーリオって……。」

小姓《こしょう》のシザーリオがそういうと、伯爵令嬢《はくしゃくれいじょう》オリヴィアの侍従《じじゅう》のマルヴォーリオは、

「いや、それはこっちのことだった。とにかく、きょうのところは、お引きとりを！」

といって、もどっていってしまったのだった。

4　女はこわい

――伯爵家《はくしゃくけ》の深夜の台所――

伯爵令嬢《はくしゃくれいじょう》オリヴィアの兄の伯爵《はくしゃく》はワインが好きで、ヨーロッパ中からワインを取りよせていた。そのワインは今、ずらりと台所の地下貯蔵庫《ちょぞうこ》にならんでいる。このさき、伯爵家《はくしゃくけ》が三代、一本も補充《ほじゅう》しなくても、なくなりそうな量ではない。

深夜、手に燭台《しょくだい》を持って、台所にこっそり入ってきたふたりづれがいる。もちろんそれは、伯爵令嬢《はくしゃくれいじょう》オリヴィアの叔父《おじ》のサー・トービー・ベルチとその悪友のサー・アンドルー・エイギュチークだ。

地下貯蔵庫《ちょぞうこ》におりる階段《かいだん》のまえに立って、サー・トービー・ベルチがいった。

「さあ、下からワインを持ってきて、早起きしよう。」

「それは、どういうことだ、サー・トービー・ベルチ。早起きじゃなくて、夜ふかしだろう。」

サー・アンドルー・エイギュチークがそういうと、サー・トービー・ベルチはにやにや笑って、いった。

「真夜中すぎても、寝《ね》にいかないのは、早起きとおなじだ。」

サー・アンドルー・エイギュチークが首をかしげた。

「どうも、きみのいっていることがわからん。」

「わからなければ、わからないでもいいが、つまり、これからお日様《ひさま》がのぼろうっていう時刻《じこく》に起きてるってことじゃあ、早起きも夜ふかしもおなじってことさ。まあ、ここで待っていろ。今、お宝《たから》を持ってくるから。」

そういって、サー・トービー・ベルチが階段《かいだん》をおりていこうとすると、だれかが台所に入ってきた。そして、サー・トービー・ベルチとサー・アンドルー・エイギュチークがそこにいるのを見て、

「いやあ、おふたりさん。たぶん、ここだと思った。それなら、わたしもひとつ仲間にくわえてもらおうと思って、やってきたんだ。これで三人そろって、三馬鹿大《ばかたい》

将《しょう》、全員集合ってやつだ。」

といいながら、まるで手品師《てじなし》のように、ふところから小さなさかずきを三つ出した。

そんな気のきいたことをするのはだれかといえば、それは道化《どうけ》だった。

と、まあ、そういうわけで、サー・トービー・ベルチが地下におりていき、片手《かたて》に一本ずつワインを持って、台所にあがってくれば、これはもう、酒盛《さかも》りのはじまりで、最初は三人、床《ゆか》にすわりこんで、静かに飲んでいるだけだったのだが、まず、サー・トービー・ベルチが、次にサー・アンドルー・エイギュチークがそれぞれ歌いだすと、道化《どうけ》だって負けてはいられない。どこの国の言葉かわからない歌を一曲披露《ひろう》したあとは、もう、町の安居酒屋状態《やすいざかやじょうたい》だ。

そうなると、台所に近い侍女《じじょ》部屋にさわぎが聞こえ、侍女《じじょ》のマライアがやってくることになる。

三人がなにをしているか、見ればだれでもわかるのに、台所に入ってくるなり、侍女《じじょ》のマライアがいった。

「あなたがた三人、こんな夜中に、いったいなにをしてるの？」

こうなってくるともう道化《どうけ》の出番で、道化《どうけ》は立て板に水を流すように、侍女《じじょ》のマライアに答えた。

「やあ、マライア！　なにをしてるかって、これが、ラテン語文法の勉強会をしているように見えるか？　ラテン語の勉強会だったら、フランス語の勉強会のほうがすぐに役立つってもんで、ボンソワール、マダム、コマンタレブー、ジュテイムってなもんだ。だけど、ここにいるのは尻《しり》の軽いパリの貴婦人《きふじん》じゃなく、口うるさいイリリアの侍女《じじょ》くらいなものだから、フランス語の勉強会なら、フランスワインの試飲会のほうが気がきいてるってわけだ。それで、三人集まって、謹厳実直《きんげんじっちょく》、刻苦《こっく》勉励《べんれい》、克己《こっき》殉公《じゅんこう》を合言葉に、フランス軍ならぬ、フランスワインにむかって、突撃《とつげき》しているってわけさ。あんたも名誉《めいよ》ある伯爵家《はくしゃくけ》の侍女《じじょ》だったら、滅私奉公《めっしぼうこう》、ここへきて、軍務《ぐんむ》につくがいい。こんなこともあろうかと、さかずきなら、もうひとつ持ってきてある。こういうのをなんていうか知ってるか。自分のさかずきだけではなく、みんなのさかずきを持ってくること、これを称《しょう》して、自助協力《じじょきょうりょく》！」

そういって、道化《どうけ》はふところからもうひとつ、さかずきを出し、

「ほら、これを取って、あんたも、ここにすわれよ。」

といいながら、腰《こし》をずらして、侍女《じじょ》のマライアのために場所をあけた。

さて、問題は、このとき、道化《どうけ》がどちら側にからだをずらせたかだ。

三人は道化をまん中にして、ならんですわっていたのだが、道化《どうけ》はサー・アンドルー・エイギュチークのほうにからだをずらした。そうなると、道化《どうけ》とサー・トービー・ベルチのあいだに場所があく。そのあいた場所に、侍女《じじょ》のマライアはすわることになる。つまり、道化《どうけ》とサー・トービー・ベルチのあいだにすわることになるのだ。道化《どうけ》とサー・アンドルー・エイギュチークのあいだではない。それというのも、侍女《じじょ》のマライアが身分ちがいも考えず、サー・トービー・ベルチに気があることを道化《どうけ》は感づいていたからだ。

「こういうことは、今晩《こんばん》だけだからね。まったくもう……。」

侍女《じじょ》のマライアはしぶしぶそういって、道化《どうけ》からさかずきを受けとった。だが、言葉はしぶしぶというふうだったが、声はしぶしぶというより、わくわくという感じだった。

こうして、侍女《じじょ》のマライアが道化《どうけ》とサー・トービー・ベルチのあいだにすわれば、謹厳実直《きんげんじっちょく》、刻苦勉励《こっくべんれい》、克己殉公《こっきじゅんこう》、それから滅私奉公《めっしぼうこう》、自助協力《じじょきょうりょく》、いや侍女協力《じじょきょうりょく》で、宴会《えんかい》が再開《さいかい》する。なぜ、侍女協力《じじょきょうりょく》かといえば、侍女《じじょ》のマライアは、どこの棚《たな》にどんなピクルスが、そして、どこのひきだしにどんなチーズがしまいこまれているか、よくよく知っているからだ。

はじめは侍女《じじょ》のマライアは、道化《どうけ》とサー・トービー・ベルチのあいだの、どちらかというと、道化《どうけ》よりに腰《こし》をおろしていたのだが、そのうちだんだん、サー・トービー・ベルチのほうに近づき、酔《よ》いがまわってきたころにはもう、サー・トービー・ベルチにしなだれかかっていた。それをまた、サー・トービー・ベルチもまんざらではないようで、かのジュリアス・シーザーがルビコン川をわたったように、このままいけば……というところで、台所のドアがバタンと開いた。

「みなさん、今、いったい何時だと思っているのですかな？」

そういって、四人の顔を順番にながめわたしたのは侍従《じじゅう》のマルヴォーリオだった。

そこで道化《どうけ》は立ちあがり、

「いや、これはこれは、侍従閣下《じじゅうかっか》のおでましで、たいへん名誉《めいよ》なことであります。いかがでしょうか、閣下《かっか》。閣下《かっか》もここにいらして、フランス軍あいてに獅子奮迅《ししふんじん》のご活躍《かつやく》をなさっては？」

といったのだが、そのときはもうかなり酔《よ》っていて、足がふらつき、ワインのびんにつまずいて、よろよろと侍従《じじゅう》のマルヴォーリオのほうにたおれこんでいった。

ここでついでにいっておくと、いや、そんなことはこまごまといわなくても、わかりきったことなのだが、このときはもう、ワインのびんは二本ではなく、からびんだけでも、八本になっていた。

たおれこんでくる道化《どうけ》を両手でつきとばし、侍従《じじゅう》のマルヴォーリオは大声でいいはなった。

「ここにあるのは伯爵家《はくしゃくけ》のワインですぞ！　それをかってに飲みほすとは、どろぼうではないですか！」

たしかに、どろぼうといえば、どろぼうにはちがいない。

居候《いそうろう》のサー・トービー・ベルチにしても、その悪友のサー・アンドルー・エイギュチークにしても、それから、侍女《じじょ》のマライアにしても、かってに伯爵家《はくしゃくけ》のワインを飲んでしまえば、どろぼうといわれても、いいかえせない。

どろぼうという言葉で、四人とも、いっきにだまりこんでしまった。

道化《どうけ》はだまりこむだけではなく、こういう場所に長居《ながい》は無用とばかりに、つきとばされたかっこうのまま、はって台所から出ていってしまった。

その姿《すがた》を侍従《じじゅう》のマルヴォーリオは目で追いながら、サー・トービー・ベルチに、

「亡《な》くなられた伯爵様《はくしゃくさま》とおなじ血をひいているのに、これじゃあ、まるでたかりとおなじで、砂糖《さとう》にむらがるアリとかわりがありませんな。」

といい、それから、サー・アンドルー・エイギュチークの顔を見て、

「領地《りょうち》にどれだけの財産《ざいさん》があるかぞんじませんが、それなら、居酒屋《いざかや》にでも、どこにでもいって、そこであびるほど、ワインをお飲みになったらいかがですか。どんなご用でここにおられるのかわかりませんが、居候《いそうろう》をしている友《とも》だちのそのまた居《い》候《そうろう》のようなことはなさらず、とっととご領地《りょうち》にお帰りになればよろしいのに。」

といい、次に侍女《じじょ》のマライアに顔をむけ、

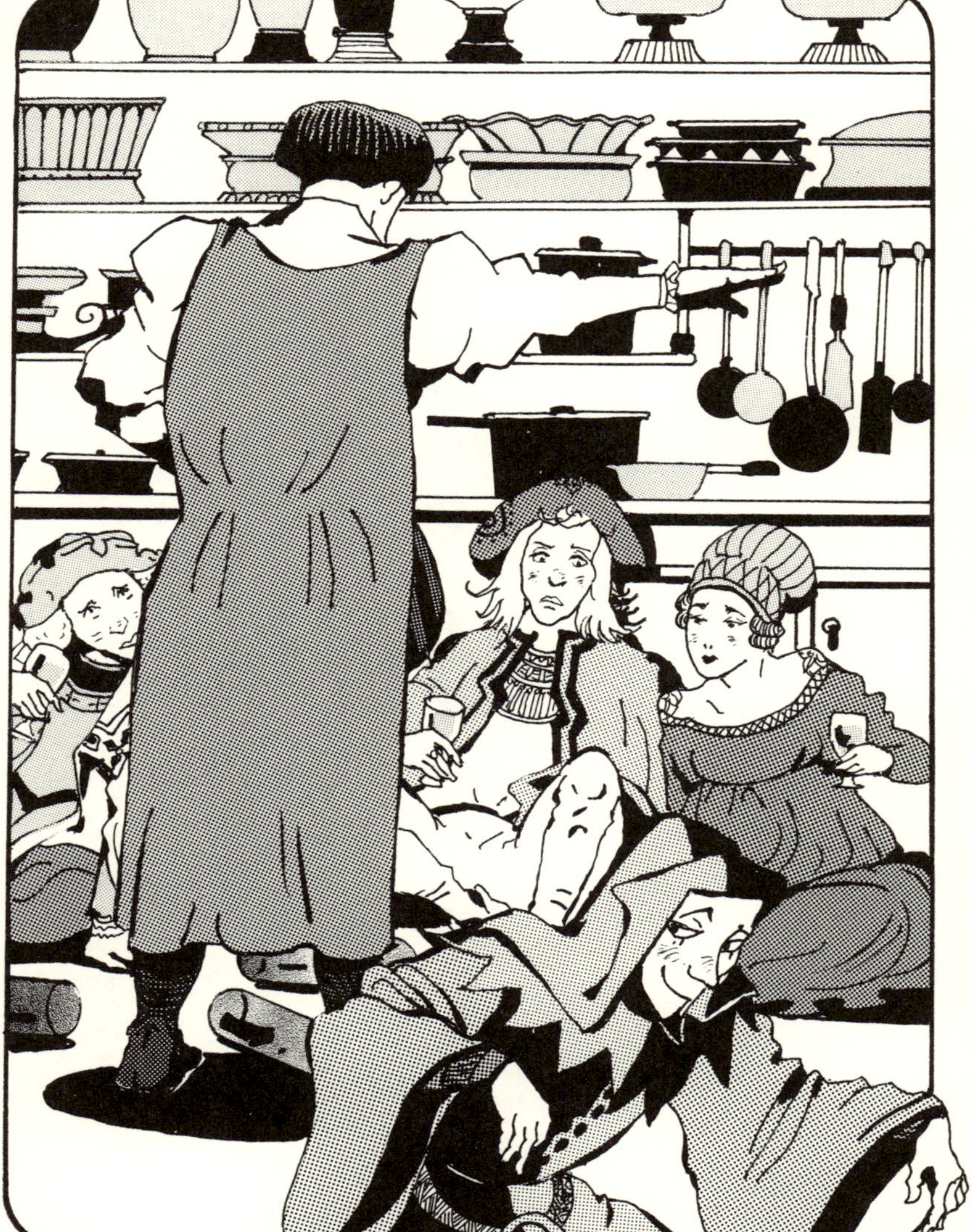

「侍女《じじょ》も何年もつとめがつづくと、キツネのようにずるがしこくなるものだ。今度、お嬢様《じょうさま》に、お屋敷《やしき》で飼《か》うなら、キツネじゃなく、イヌにしたらいかがでしょうと、おすすめしてみなければいけない。」

といい、最後に三人の顔を順番に見てから、

「今夜のことは目をつぶってやりましょう。だが、もう一度、こういうことがあったら、お嬢様《じょうさま》にお話しせざるをえませんな！」

といって、台所から出ていき、大きな音をたててドアを閉《し》めた。

侍従《じじゅう》のマルヴォーリオが出ていってしまうと、今度はドアがそっと開き、伯爵家《はくしゃくけ》の召使《めしつか》いが顔を出した。それはフェイビアンという名で、年がら年中、侍従《じじゅう》のマルヴォーリオにがみがみ小言をいわれている男だ。

召使《めしつか》いのフェイビアンはその場のようすを見て、だれにたずねるというふうにでもなく、いった。

「いったい何事です、これは……。」

すると、ワインのせいだけで赤くなっていた目を、今の侍従《じじゅう》のマルヴォーリオの

言葉のために、ますます血走らせて、サー・トービー・ベルチがいった。

「あいつめ、わたしのことをどろぼうだなどとぬかしたのだ。」

「どろぼうですって？　それはまたおだやかではございませんね。」

召使《めしつか》いのフェイビアンがそういうと、サー・アンドルー・エイギュチークは召使《めしつか》いのフェイビアンに、

「まあ、ほんとうのことだから、しかたがないさ。」

と答えてから、サー・トービー・ベルチにいった。

「だいじょうぶ。あした、領地《りょうち》にいるわたしの執事《しつじ》に手紙を書き、金を送らせる。ちょうど、ふところがさびしくなりかけてきたころだからな。金がとどいたら、『このあいだのワイン代だ。』といって、あいつの足元に投げつけてやるさ。」

だが、どろぼう呼《よ》ばわりされて、おさまらないのは侍女《じじょ》のマライアだった。

侍女《じじょ》のマライアは立ちあがり、

「そんなんじゃ、たりないわ。」

といって、こぶしをにぎりしめた。

「だって、マライア。まだ、金を投げつけてないうちに、たりるかたりないか、わかるのか？　飲んじまったワインは、そんなに高いのか？」

サー・アンドルー・エイギュチークがそういうと、サー・トービー・ベルチはサー・アンドルー・エイギュチークの肩《かた》をたたいた。

「いや、こっちは、なにしろ居候《いそうろう》の身だから、あんまり高級でないワインを選んで持ってきたんだ。だから、だいじょうぶさ。そんなに高くはない。」

「おふたりとも！　ワインの値段《ねだん》のことなんか、だれもいってません。あんなふうに侮辱《ぶじょく》されたら、お金を足元に投げつけてやるくらいじゃ、腹《はら》の虫がおさまらない。わたしにいい考えがあるわ。あいつに、思いっきり恥《はじ》をかかせてやらなきゃ、気がすまない。」

侍女《じじょ》のマライアはそういうと、びっくりして目をまるくしているサー・トービー・ベルチとサー・アンドルー・エイギュチークに、

「あいつ、侍従《じじゅう》の分際《ぶんざい》で、けしからんことに、ほんとうはお嬢様《じょうさま》に気があるのよ。わたし、知ってるんだから。」

と、自分だって侍女《じじょ》の分際《ぶんざい》でサー・トービー・ベルチに気があるくせにそういうと、それから、こういいたした。

「わたし、お嬢様《じょうさま》の字そっくりの字が書けるのよ。」

どうして、伯爵令嬢《はくしゃくれいじょう》オリヴィアの字そっくりな字が書けると、侍従《じじゅう》のマルヴォーリオに恥《はじ》をかかせることができるのか？

それは、つぎに侍女《じじょ》のマライアがいった言葉でわかった。

「あいつが通るところに、差出人不明のラブレターを落としておくのよ。お嬢様《じょうさま》の字そっくりの字でね。」

「あ……。」

とサー・アンドルー・エイギュチークがつぶやくと、

「なぁるほど……。」

とサー・トービー・ベルチがうなずき、召使《めしつか》いのフェイビアンがそのあとをいった。

「そうすれば、あいつ、お嬢様《じょうさま》から恋《こい》の手紙をもらって、まいあがるってわけか。」

侍女《じじょ》のマライアがいった。

「そうよ。まいあがったあと、まっさかさまに墜落《ついらく》よ。それで、あいつがその手紙を読むところをね、わたしたち四人、かくれて見物させてもらいましょうよ。」

それから、侍女《じじょ》のマライアは、

「じゃあ、おふたかた様とも、ゆっくりおやすみなさいませ。」

といって、台所のドアを開け、出ていった。

バタンとドアが閉《し》まったところで、サー・トービー・ベルチが、

「女は……。」

というと、サー・アンドルー・エイギュチークが、

「こわいな……。」

とつづけると、最後に召使《めしつか》いのフェイビアンが、

「まことに……。」

とつぶやいたのだった。

5　ため息

――オーシーノ公爵《こうしゃく》の宮廷《きゅうてい》のティー・ルーム――

オーシーノ公爵《こうしゃく》の宮廷《きゅうてい》にもどった正体はヴァイオラ、小姓《こしょう》のシザーリオは、ことのしだいを、つまり、伯爵令嬢《はくしゃくれいじょう》オリヴィアの返事をオーシーノ公爵《こうしゃく》につたえた。その結果、オーシーノ公爵《こうしゃく》はいくらかおちこみはしたものの、翌朝《よくちょう》になると、すっかり元気を取りもどし、朝食のあと、食堂のとなりのティー・ルームのソファに腰《こし》かけて、宮廷専属《きゅうていせんぞく》の四重奏団《しじゅうそうだん》に、恋《こい》する者にふさわしい、つまり甘《あま》ったるい曲をかなでさせ、廷臣《ていしん》キューリオに、

「小姓《こしょう》のシザーリオをここへ！」

といったのだった。そして、すぐにやってきた小姓《こしょう》のシザーリオに、

「わたしは伯爵令嬢《はくしゃくれいじょう》オリヴィアをけっしてあきらめたりはしない！」

と宣言《せんげん》した。

それというのも、きのう、廷臣《ていしん》ヴァレンタインが使者としていったときは、伯爵《はくしゃく》令嬢《れいじょう》オリヴィアは使者に会おうとすらしなかったのに、小姓《こしょう》のシザーリオがいくと、会っただけではなく、

「どうしてわたしが公爵殿下《こうしゃくでんか》を好きになれないのか、その理由を知りたければ、あした、ここにくるようにつたえなさい。」

といったというではないか。

この〈公爵殿下《こうしゃくでんか》を好きになれない〉という言葉はかなり気になりはしたが、朝になって考えてみれば、ようするにこれは小姓《こしょう》のシザーリオにもう一度こいといっているのであって、使者をもう一度こさせるというのは、交渉《こうしょう》の余地《よち》があるということではないか。

そんなわけで、一夜明けて、オーシーノ公爵《こうしゃく》はすっかり元気を取りもどしているのだった。それで、専属《せんぞく》の四重奏団《しじゅうそうだん》に音楽をかなでさせているのだが、正体はヴァイオラ、小姓《こしょう》のシザーリオに、いや、もう、ただの小姓《こしょう》のシザーリオということに

したのだから、かんたんにいおう、その小姓《こしょう》のシザーリオに宣言《せんげん》すると、ますます気分がのってきて、そこにいた廷臣《ていしん》キューリオに、

「さっき、フェステの姿《すがた》を見たぞ。あいつをここに呼《よ》んできて、歌を歌わせるのだ。」

といってから、小姓《こしょう》のシザーリオを手まねきして、近くに呼《よ》び、

「おまえもいずれ恋《こい》をすれば、今のわたしの気持ちがわかるようになるだろう。恋《こい》しい人の面影《おもかげ》をひたすら追いもとめるようになるのだ。どうだ、この音楽は？　そういう気分にふさわしいだろう？」

といった。

「恋《こい》の神がやどる胸《むね》の奥底《おくそこ》からのこだまのようでございます。」

小姓《こしょう》のシザーリオがそう答えると、オーシーノ公爵《こうしゃく》はぽんと手をたたいて、いった。

「うまいことをいう。おまえ、まだ若《わか》いのに、恋《こい》をしたことがあるのだな。でなければ、そんなことはいえないはずだ。どうだ？」

「はい。多少は……。」

小姓《こしょう》のシザーリオの答えに、オーシーノ公爵《こうしゃく》はソファから身をのりだした。

「ほう。それで、それはどんな女だったのだ?」

「殿下《でんか》のお顔に似《に》ておりまして……。」

「わたしの顔に?　わたしは自分のことは知っているつもりだ。地位も財産《ざいさん》もだれにも負けないが、顔となると、そんなに自信があるわけではない。これで、もう少し男前であったら、伯爵令嬢《はくしゃくれいじょう》にしても、もっと早くわたしになびいているはずなのだ。そのわたしに似《に》た女だと?　おまえは男にしておくのは惜《お》しいくらいに美しいのに、それじゃあ、おまえがもったいないな。まあ、顔は好き好きだからいいとしておこう。それで、年はいくつくらいだ。」

「それも、殿下《でんか》と同じでございます。」

「わたしと同じだって?　じゃあ、おまえといくつちがうのだ。十か?　いや、それではきかんな。二十かな。しかし、それはちょっと、年がいきすぎているぞ。男が年上というならいいが、女のほうがそんなに上というのはどうだろうか。やはり、男が年上、女は年下がいいと思う。」

「わたしもそう思います。」

「そうか、そう思って、おまえはその女とはわかれたのか。」

「いえ、わかれるもなにも、そこまでいかなかったのでございます。ああ、女はあわれです。つぼみのうちに枯《か》れてしまうなんて！」

「おまえよりも年上で、つぼみってことはないだろうが……。」

とオーシーノ公爵《こうしゃく》がいったところで、廷臣《ていしん》キューリオが歌を歌わせるためにフェステをつれてもどってきたのだが……、見れば、フェステというのは、じつは伯爵家《はくしゃくけ》の道化《どうけ》ではないか！

そうなのだ。伯爵家《はくしゃくけ》の道化《どうけ》は、伯爵家《はくしゃくけ》にいるだけではたいくつなのか、それとも、オーシーノ公爵《こうしゃく》のところにくると、歌を一曲歌ったり、ちょっと気のきいたことをいったりするだけで、こづかいをもらえるからなのか、ときどき、こうして宮廷《きゅうてい》にやってくるのだ。

やってきた道化《どうけ》のフェステに、オーシーノ公爵《こうしゃく》は、

「フェステ。ここでひとつ、今のわたしの気持ちにふさわしいのを歌ってくれ。」

と命じた。

フェステは伯爵家《はくしゃくけ》の道化《どうけ》だし、今まで何度もオーシーノ公爵《こうしゃく》からの使者が伯爵家《はくしゃくけ》にきていて、それがどんな用事できているのかも知っていたから、オーシーノ公爵《こうしゃく》の今の気持ちというのがどういう気持ちなのかは心得ている。

道化《どうけ》のフェステは歌いだした。

「ああ、いっそ息がたえればいい。

美しいあの人に殺されて。

あの人にささげたこの命。

この世にふたつとない証《あかし》……。」

と、まあ、こんなふうに、道化《どうけ》でもなければ、恋《こい》の真最中の者ぐらいしか思いもつかないような、まともな神経《しんけい》なら、ぷっとふきだしてしまいそうな文句《もんく》の歌を道化《どうけ》のフェステが歌うと、オーシーノ公爵《こうしゃく》は、

「すばらしい！」

と拍手《はくしゅ》をしてから、

「ごくろうだった。」

といって、道化《どうけ》のフェステに金をやった。

それから、オーシーノ公爵《こうしゃく》はそこにいるみなにいった。

「シザーリオに話がある。ほかの者はさがってよい。」

ところで、貴族《きぞく》が家臣に、

「さがってよい。」

というのは、

「どこかへいけ。」

という命令であり、ここにいてもいいが、どこかへいってもいいという意味ではない。

廷臣《ていしん》たちと道化《どうけ》のフェステがティー・ルームから出ていくと、オーシーノ公爵《こうしゃく》は小姓《こしょう》のシザーリオにいった。

「もう一度、あの人のところへいってくれ。」

じつをいうと、ティー・ルームでオーシーノ公爵《こうしゃく》とふたりきりになり、心臓《しんぞう》がドキドキするだけではなく、頭もぼうっとしてきた小姓《こしょう》のシザーリオは、あの人というのは、今出ていったばかりの道化《どうけ》のフェステのことだと思ってしまい、

「もう一曲、歌わせますか？」

などとたずねてしまった。

だが、オーシーノ公爵《こうしゃく》にしても、伯爵令嬢《はくしゃくれいじょう》オリヴィアへの恋心《こいごころ》で、半分心ここにあらずというふうだったから、

「歌を歌わせるとは、なかなかうまいことをいう。たしかに、あの人が恋《こい》の歌を歌ってくれたら、わたしのよろこびもこの上ないが、それはまださきの話だ。」

などといい、それから、

「とにかく、伯爵令嬢《はくしゃくれいじょう》オリヴィアのところにいって、もう一度、わたしの気持ちをつたえてきてほしいのだ。」

といいたした。

それで、小姓《こしょう》のシザーリオも、あの人というのが道化《どうけ》のフェステではなく、伯爵《はくしゃく》

令嬢《れいじょう》オリヴィアのことだということがわかった。

小姓《こしょう》のシザーリオは、

「ですが、よいご返事をいただけないときはいかがいたしましょう。」

とたずねた。すると、オーシーノ公爵《こうしゃく》は、

「悪い返事などするものか！」

と、どういうわけか、自信たっぷりにいった。

小姓《こしょう》のシザーリオはいった。

「ですが、もしここに、殿下《でんか》にはげしく恋心《こいごころ》を燃《も》やす乙女《おとめ》がいたとして、その乙女《おとめ》が今の殿下《でんか》に心をうちあけても、殿下《でんか》はその乙女《おとめ》がよろこぶようなご返事はおできになれないのでは？」

オーシーノ公爵《こうしゃく》はいった。

「まあ、たしかにそうだが、男と女はちがうからな。おまえには、女心などわかるまい。」

「いえ、それがわかるのです。」

「どうして？」

「わたしの父には、娘《むすめ》がひとりいて、その娘《むすめ》がある貴族《きぞく》に恋《こい》をしており、わたしはそのかなわぬ恋《こい》について、何度も話を聞いたからです。」

「なるほど、それで、その恋《こい》はどうなったのだ。」

「どうにもなりません。」

「どうにもならないからといって、その娘《むすめ》は死んだわけではないだろう。」

「でも、死んだも同然なのです。」

「それでは、わたしとおなじだ。おまえは、死んだも同然の姉だか妹だかのためにすると思って、わたしのために使いにいくのだ。伯爵令嬢《はくしゃくれいじょう》に指輪をわたして、こういうのだ。このオーシーノ公爵《こうしゃく》は引きさがらない、拒絶《きょぜつ》はみとめないとな。」

「かしこまりました。」

そういって、小姓《こしょう》のシザーリオはため息をついたのだが、オーシーノ公爵《こうしゃく》は半分心ここにあらずだから、そんなため息にはまったく気づかなかったのだった。

6　天国の門、地獄《じごく》の門

――伯爵家《はくしゃくけ》の庭――

さっきまでオーシーノ公爵《こうしゃく》の宮廷《きゅうてい》にいた伯爵家《はくしゃくけ》の道化《どうけ》のフェステは、あれからそれほど時間がたっていないのに、今はもう、伯爵家《はくしゃくけ》にもどってきている。だが、屋《や》敷《しき》の中には入らず、門柱によりかかっている。

そもそも道化《どうけ》にとってだいじなのは、軽妙洒脱《けいみょうしゃだつ》、滑稽諧謔《こっけいかいぎゃく》、これがいってみれば車の両輪、これでじゅうぶんなのではあるが、それは、ひとつところの給金で満足していればのことである。

荷車だって、馬車だって、大きなものになれば、二輪ではたらない。あと二輪必要で、四輪になれば、安定もよくなるというものだ。

フェステのように、伯爵家《はくしゃくけ》の道化《どうけ》をしているだけではなく、公爵《こうしゃく》の宮廷《きゅうてい》へも出稼《でかせ》ぎにいこうというなら、元気潑剌《げんきはつらつ》、出前迅速《でまえじんそく》、お呼《よ》びなら、いや、お呼《よ》びでなくても、電光石火で出かけていき、まさに、神出鬼没《しんしゅつきぼつ》で、すぐまたもどってくるくらいの器量がなければならない。電光石火と神出鬼没《しんしゅつきぼつ》、これがあとの二輪ということになる。

デンマークのさる王家につかえていたオズリックという名の道化《どうけ》は、いちどきに、デンマークの王城《おうじょう》と、さるスコットランドの貴族《きぞく》の屋敷《やしき》と、それからイングランドの都の劇場《げきじょう》の三か所にあらわれて、そこにいた人々《ひとびと》のご機嫌《きげん》をうかがったというが、伝説にしても、ある意味、真理をあらわしている。

さて、道化《どうけ》のフェステがどうして門柱によりかかっているかというと、もちろん疲《つか》れたからではない。くたびれはてることを疲労困憊《ひろうこんぱい》というが、この疲労困憊《ひろうこんぱい》というのは元気潑剌《はつらつ》の反対語のようなもので、疲労困憊《ひろうこんぱい》という言葉は道化《どうけ》のフェステの辞書にはない。もっとも、道化《どうけ》のフェステは辞書など持っていない。辞書を引くくらいなら、お屋敷《やしき》の侍女《じじょ》の気でも引いていたほうが気がきいている。

道化《どうけ》のフェステが門柱によりかかっているのは、オーシーノ公爵《こうしゃく》のところの小姓《こしょう》のシザーリオがくるのを待っているからだ。さきほどオーシーノ公爵《こうしゃく》のティー・ルームで、オーシーノ公爵《こうしゃく》が道化《どうけ》のフェステにお金をくれてから、みなに、

「シザーリオに話がある。ほかの者はさがってよい。」

といったとき、道化《どうけ》のフェステは廷臣《ていしん》たちといっしょに、ティー・ルームから出ていくにはいったが、そっとドアのかげにかくれ、オーシーノ公爵《こうしゃく》と小姓《こしょう》のシザーリオの話を立ち聞きしたのだ。

　これは一見けしからぬことのように見えるが、みなに好かれ、あっちこっちで重《ちょう》宝《ほう》がられるためには、こういう諜報《ちょうほう》活動も必要なのだ。道化《どうけ》のフェステはオーシーノ公爵《こうしゃく》がなにを小姓《こしょう》のシザーリオに命じたか、それを知っているから、門柱によりかかって、小姓《こしょう》のシザーリオを待っているのだ。

　まあ、小姓《こしょう》のシザーリオのためにちょっと役に立てれば、またこづかいにありつけるかもしれないという了見《りょうけん》なのだ。

　それはともかく、その門からずっと中に入ったところに、太いツゲの木が立って

いるのだが、そのツゲの木の下に、三人の男がいて、さっきから伯爵家《はくしゃくけ》の侍従《じじゅう》のマルヴォーリオの悪口をいいあっている。それは、サー・トービー・ベルチとサー・アンドルー・エイギュチーク、それから伯爵家《はくしゃくけ》の召使《めしつか》いのフェイビアンだ。

三人でひとわたり伯爵家《はくしゃくけ》の侍従《じじゅう》のマルヴォーリオの悪口をいいあったあと、サー・アンドルー・エイギュチークがサー・トービー・ベルチにいった。

「マライアのやつ、おそいな。ほんとに、ここで待ってろって、そういったのか？」

「まちがいない。ツゲの木のまえでといっていた。」

と答えて、ツゲの幹《みき》を右手で軽くたたきながら、サー・トービー・ベルチはいいたした。

「ここには、ツゲはこれ一本しかないからな。」

するとと、召使《めしつか》いのフェイビアンがいった。

「でしたら、まちがいです。ここはツゲの木のまえじゃありません。うしろですよ。」

「いや。わたしたちがいるところがツゲの木のまえだ。なぜなら、こっちのほうが門につづく道に近いからな。」

サー・アンドルー・エイギュチークはそういったが、召使《めしつか》いのフェイビアンは引きさがらなかった。

「それはどうでしょうか。『このようにしてまえの者があとになり、あとの者がまえになるのだ。』と、聖書《せいしょ》に書いてあります。」

召使《めしつか》いのフェイビアンがいいかえすと、サー・トービー・ベルチがわってはいった。

「それをいうなら、フェイビアン。『さきにいる者があとになり、あとにいる者がさきになる。』だろ。」

ところが、召使《めしつか》いのフェイビアンは、日ごろ、屋敷《やしき》で道化《どうけ》のフェステを見ていて、自分もああなりたいと思っていたので、ここはもうひとついいかえしたほうがいいだろうと思った。そこで、こういってみた。

「そんなの、たいしてかわりませんよ。者と門は発音が似《に》てるでしょ。似《に》てるどころか、おなじことだってあります。ばか者をばかもんっていったりするじゃないですか。ですから、その調子でいくと、『さきにいるもんがあとになり、』ってことになる。それに、天国に入る門は案外せまいっていうから、やっぱり、せまいほうがまえってことになってるんですよ。」

と、まあ、こんなふうにいった。

このあたりはやはり、本職《ほんしょく》の道化《どうけ》のようにはいかず、言葉の切れ味はいまひとつだ。

ともあれ、このような、わけがわかるような、わからないようなことを召使《めしつか》いのフェイビアンがいったとき、館《やかた》の玄関《げんかん》のほうから侍女《じじょ》のマライアがやってくるのが見えた。

「こっち、こっち！」

と、サー・トービー・ベルチが手をふると、侍女《じじょ》のマライアは三人の近くにきて、

「ほらほら、いそいで、木のうしろにかくれてくださいな。」

といい、エプロンのポケットから手紙を出すと、小道のむこうにぽんと投げ、さき

にたってツゲの木のうしろにかくれた。

「やっぱり、こっちがまえだったじゃないか。」

などと、このさいどうでもいいようなことをいいながら、サー・アンドルー・エイギュチークが、侍女《じじょ》のマライアのうしろにつづくと、サー・トービー・ベルチは、

「そうやって、さきにいこうとしてもだめだ。なにしろ、さきの者があとになり、あとの者がさきになるのだからな。何事も神様のおぼしめししだいだ。」

と軽口をたたきながら、反対側からツゲの木のうしろにかくれた。

するど、召使《めしつか》いのフェイビアンはサー・トービー・ベルチのうしろからついてきて、

「とかいって、ようするに、こっちから入れば、マライアとのあいだにサー・アンドルー・エイギュチーク様が入らないから、マライアの手をにぎりやすいってことなんじゃあ……。」

とひとりごとをいった。

どうやらサー・トービー・ベルチが侍女《じじょ》のマライアに気があるらしいということ

は、召使《めしつか》いのフェイビアンも気づいているようだ。

そのあとも、三人の男たちは冗談《じょうだん》をいいあって、さわいでいたが、ツゲの木のうしろから、館《やかた》のほうをうかがっていた侍女《じじょ》のマライアが、

「ほら、あいつ、きたよ、きましたよ。しずかに！」

というと、みな、いっせいにだまりこんだ。

侍従《じじゅう》のマルヴォーリオの足音が近づいてくる。

「おや？」

と侍従《じじゅう》のマルヴォーリオのつぶやきが聞こえたあと、足音が止まり、そのかわりに、ひとりごとが聞こえた。

「これは手紙だな。お、封《ふう》がしていない。封《ふう》がしていないということは、読んでもいいということだ。どれどれ……。『人知れぬいとしいかたへ』か。なるほど、これはラブレターだな。それでと……。『神様だけが知っているわたしの恋心《こいごころ》。愛する人を家臣として使うのはこの上ない苦しみ。この手紙を読んだら、考えてくださいな。高貴《こうき》な身分を恐《おそ》れてはいけません。勇気を出して、わたしの手をお取りに

なって。あなたが身につけているものなら、あなたの黄色い靴下《くつした》もいとおしい。靴《くつ》下留《したど》めを十文字にしめたところを思うだけで、あなたと主従《しゅじゅう》の立場をかえたくなる女より。』……だって？」

それから、ひとりごとは聞こえなくなったが、まだそこに侍従《じじゅう》のマルヴォーリオがいることは気配でわかった。だまって、手紙を何度も読みなおしているのだろう。

しばらくすると、ため息が聞こえた。

「そうか。そうではないだろうかと、まえまえから思ってはいたが、お嬢様《じょうさま》はやはりわたしのことを！　おや、下のほうに、追伸《ついしん》があるぞ。どれどれ……。『わたしがだれなのか、もうおわかりでしょう。もし、わたしの愛を受けいれてくださるなら、ほほえみでおかえしください。あなたはほほえみがよく似合《にあ》います。だから、わたしのまえでは、ほほえみをたやさないでくださいね。』……。そんなことはおやすいご用だ。そうか、ほほえみか、ほほえみ、ほほえみ……。」

それから、侍従《じじゅう》のマルヴォーリオが遠ざかっていく足音と、

「ほほえみ、ほほえみ、ほほえみ……。」

という声が遠ざかっていった。

足音と声がすっかり聞こえなくなると、四人はツゲの木から出てきて、侍従《じじゅう》が去っていったほうをながめながら、大笑いをした。

げらげら笑いながら、召使《めしつか》いのフェイビアンが、

「ほほえみどころか、こちらは大笑い。こんなおもしろいことは、ペルシャの王様が何千ポンドも年金をくれるといっても、それとひきかえにはできませんね。」

というと、サー・トービー・ベルチは、

「うそをつけ。おまえだったら、十ポンドの一時金だって、ひきかえるだろうさ。だが、たしかにおもしろい。たしかに、たしかに、たしかにおもしろかったぞ。こんな気持ちのいいいたずらを思いつく女だったら、女房《にょうぼう》にしてもいいくらいだ。」

といって、さらに笑った。

「たしかに、たしかに、たしかに!」

サー・アンドルー・エイギュチークが笑いながらうなずくと、サー・トービー・ベルチがいった。

「こんなに楽しませてくれる女なら、持参金なんかいらないね。」

すると、それまでいっしょに笑っていた侍女《じじょ》のマライアはいきなり真顔になって、サー・トービー・ベルチの横顔をちらりとのぞきこんだ。だが、それも一瞬《いっしゅん》で、侍女《じじょ》のマライアはサー・トービー・ベルチではなく、サー・アンドルー・エイギュチークにたずねた。

「お嬢様《じょうさま》のきらいな色を知ってるかしら？」

「さあ、そこまでは知らないな。」

サー・アンドルー・エイギュチークの答に、侍女《じじょ》のマライアはいった。

「黄色よ。しかも、靴下留《くつしたど》めを十文字にしめるのは下品だとおっしゃってるわ。あいつったら、そんなことも知らないで、靴下《くつした》は黄色しか持ってないんだからね。しかも、十文字にした靴下留《くつしたど》めをしめてるのよ。それから、お嬢様《じょうさま》がいちばんおきらいなのはニタニタ笑いよ。だって、お嬢様《じょうさま》はお兄様の伯爵様《はくしゃくさま》の喪《も》に服されているのよ、今はまだ。」

サー・アンドルー・エイギュチークはうなずいた。

「たしかに、喪中《もちゅう》に笑いは禁物《きんもつ》だ。とはいえ、人は結婚式《けっこんしき》でよりも、むしろ葬式《そうしき》のときのほうがよく笑うけどな。」

伯爵《はくしゃく》の喪中《もちゅう》だというのに、大笑いをして、さすがにサー・トービー・ベルチは気がひけたのか、それにはふれず、侍女《じじょ》のマライアにいった。

「たしかに、姪《めい》は昔から黄色がきらいだった。マライア、そこまで考えていたなんて、なんておまえはすばらしいんだ。こうなったら、天国の門どころか、地獄《じごく》の門にだって、ついていきたいね。」

すると、サー・アンドルー・エイギュチークは空を見あげて、つぶやいた。

「天国の門か、地獄《じごく》の門か？　そのまえに、教会の門をくぐりたい。さて、いつ、伯爵令嬢《はくしゃくれいじょう》オリヴィアに結婚《けっこん》をもうしこもうか……。」

もちろん、空は答えない。

7 告白

——伯爵家《はくしゃくけ》の門——

小姓《こしょう》のシザーリオが伯爵家《はくしゃくけ》の門にくると、門柱のかげから、伯爵家《はくしゃくけ》の道化《どうけ》のフェステがにゅっと顔を出して、

「いやあ、旦那《だんな》。お待ちしていましたよ。」

といった。

「あ、あなたは公爵殿下《こうしゃくでんか》のまえで、歌を歌っていた道化《どうけ》のかたですね。ええと、お名まえは……。」

小姓《こしょう》のシザーリオがそこまでいうと、道化《どうけ》のフェステは顔だけではなく、からだ全部を門柱のかげから出してきた。

「フェステってもんです。もんといっても、この門ではありません。伯爵家《はくしゃくけ》にやと

われていますから、伯爵家《はくしゃくけ》のもんにはちがいないんですがね。」

そこで、小姓《こしょう》のシザーリオは用向きをつたえようとして、

「じつは、公爵殿下《こうしゃくでんか》の使いでまいったのですが、ご令嬢様《れいじょうさま》に……。」

といいかけると、道化《どうけ》のフェステはそれをさえぎった。

「みなまでおっしゃらなくても、わかってますよ、旦那《だんな》。なんでございましょ。公《こう》爵殿下《しゃくでんか》のお心を伯爵令嬢《はくしゃくれいじょう》オリヴィア様におつたえして、いい返事をお持ちかえりになりたいって、まあ、そういうことでございますよね。」

「そうなのです。ですが、どうもうまくいきそうもなくて……。」

小姓《こしょう》のシザーリオが口ごもると、道化《どうけ》のフェステはなれなれしく小姓《こしょう》のシザーリオの肩《かた》に手をまわし、屋敷《やしき》の玄関《げんかん》のほうに歩きだした。

「そりゃまあ、きょうも不首尾《ふしゅび》ってことになるんでしょうがね。だけどね、このわたしは旦那《だんな》を手ぶらではかえしませんよ。あなた、こどもの使いじゃないんだから、『いってきましたが、だめでした。』じゃあ、こりゃあ公爵殿下《こうしゃくでんか》のところだろうが、ここ伯爵家《はくしゃくけ》だろうが、インドの王様のところだろうが、とおらないんですよ。世の

中ってもんは、そういうもんでしてね。だめならだめで、これこれこういう邪魔《じゃま》が入っているっていうような、いわゆる新情報《しんじょうほう》ってやつをお持ちかえりにならないとね。そうなれば、公爵殿下《こうしゃくでんか》のお気持ちはそちらにむいて、『なんだと、きょうも色よい返事はないだと？』が『そういうことなら、手をうたねばならんな。いや、ご苦労だった。』になるってもんです。つまり、なんですよ。公爵殿下《こうしゃくでんか》のご不興《ふきょう》は旦那《だんな》ではなく、その新情報《しんじょうほう》に登場する悪役にむくってもんです。」

そこまでいって、道化《どうけ》のフェステは歩くのをやめた。

道化《どうけ》のフェステに肩《かた》をくまれて歩いていた小姓《こしょう》のシザーリオも立ちどまることになる。

道化《どうけ》とはいえ、男だし、小姓《こしょう》のシザーリオの正体はヴァイオラだから、肩《かた》をくまれるなどいやなのだが、あからさまに手をはらいのけるのもどうかと思い、道化《どうけ》のフェステからそっと一歩はなれて、たずねた。

「それで、その新情報《しんじょうほう》というのはなんですか？」

「それそれ、それですよ。この屋敷《やしき》の新情報《しんじょうほう》ってのはふたつありましてね。ひとつは、かくもうすわたしがらみのことで、もうひとつは今いった邪魔者《じゃまもの》ネタなんですが、まず、わたしがらみのことからいわせていただくと、わたし、これからちょっと町の居酒屋《いざかや》にいって、いっぱいひっかけたいなあ、なんて思ってるんですよ。いや、ひっかけるって、だれかにワインをひっかけるってことじゃないですよ。自分ひとりでワインを飲みたいってことで、そうなると、なにしろ自分ひとりで飲むんですから、勘定《かんじょう》は自分ではらわんとならんのです。」

道化《どうけ》のフェステはそういって、小姓《こしょう》のシザーリオの目をじっと見つめた。

道化《どうけ》のフェステがなにをいいたいのか、小姓《こしょう》のシザーリオはすぐにはわからなかった。だが、道化《どうけ》のフェステがこちらの顔からズボンのポケットに視線《しせん》をうつしたので、ようやくそれがわかった。

小姓《こしょう》のシザーリオはポケットから小銭《こぜに》を出すと、それを道化《どうけ》のフェステにわたした。すると、道化《どうけ》のフェステは、

「いや、すみませんね。」

といって、小銭《こぜに》をしまい、声をおとしていった。

「ご令嬢《れいじょう》のオリヴィア様の叔父上《おじうえ》に、サー・トービー・ベルチ様というかたがおられて、このおかたのお友だちというのが、サー・アンドルー・エイギュチーク様というおかたでしてね。このサー・アンドルー・エイギュチーク様が身のほどもわきまえず、ここのご令嬢様《れいじょうさま》に求婚《きゅうこん》なさろうとしているんですよ。いえ、ご令嬢様《れいじょうさま》のほうでは、なんとも思っておりません。ですから、そんな求婚《きゅうこん》は、この庭に咲《さ》いている雑草《ざっそう》の花みたいなもので、あまりけっこうでもないかわりに、害もないんです。でもね、この話を公爵殿下《こうしゃくでんか》のところにお持ちかえりになれば、公爵殿下《こうしゃくでんか》は心配になり、なにもする必要はないのに、なにかしなければならないと、そうお思いになって、お気持ちがそちらにむきますからね。『何度も何度も、おなじ返事ばかり持ってかえりおって！』ってことにならずにすむっていう寸法《すんぽう》です。」

なるほどそんなものかもしれないと、小姓《こしょう》のシザーリオが思っていると、館《やかた》のほうから、問題のサー・アンドルー・エイギュチークがサー・トービー・ベルチといっしょにやってきた。

それを見て、道化《どうけ》のフェステがいった。

「ほら、うわさをすればかげだ。右にいるのがご令嬢様《れいじょうさま》の叔父上《おじうえ》のサー・トービー・ベルチ様で、もうひとりが、今いったサー・アンドルー・エイギュチーク様ですよ。」

サー・トービー・ベルチはこちらにやってくると、小姓《こしょう》のシザーリオに声をかけた。

「これはこれは、公爵殿下《こうしゃくでんか》からのお使いのかたですな。」

「さようでございます。」

小姓《こしょう》のシザーリオが答えると、サー・トービー・ベルチは、

「それなら、ずっと奥《おく》へと足をおはこびください。」

といった。

ここでまた、道化《どうけ》のフェステはなにかおもしろいことをいわなければと思ったのだろう。

「いや、足をはこぶって、どうやってですか、サー・トービー・ベルチ様。足をかついだら、歩けませんよ。」

道化《どうけ》のフェステがそういうと、サー・トービー・ベルチは、

「なるほど、それはもっともだ。では、お使いのかた、あらためてもうしあげよう。足をはこぶのではなく、足にはこばれて、奥《おく》へどうぞ。」

といいなおした。

「それでは、入らせていただきます。」

といって、小姓《こしょう》のシザーリオが歩きだすと、小道のむこうから、伯爵令嬢《はくしゃくれいじょう》オリヴィアがひとりの侍女《じじょ》をつれてこちらに歩いてくるではないか。ひとりの侍女《じじょ》というのは、もちろん、マライアだ。

伯爵令嬢《はくしゃくれいじょう》オリヴィアは、そこにいるのがオーシーノ公爵《こうしゃく》の小姓《こしょう》だとわかると、小走りになった。そして、すぐそばまできて、小姓《こしょう》のシザーリオがなにかいいだすまえに、満面に笑《え》みを浮《う》かべて、いった。

「また、おいでくださったのね。」

「はい。きょうこそは、公爵殿下《こうしゃくでんか》のお願いにつき、よいご返事をいただきたくまいったしだいです。オーシーノ公爵殿下《こうしゃくでんか》におかれましては……。」

と、小姓《こしょう》のシザーリオが口上をのべはじめると、伯爵令嬢《はくしゃくれいじょう》オリヴィアはそれをさえぎった。

「公爵殿下《こうしゃくでんか》のことなんて、どうでもいいではありませんか。公爵殿下《こうしゃくでんか》のお願いじゃなく、あなたのお願いは？　そうそう、このあいだは、とっても失礼なことをしちゃって、ごめんなさいね。あなたのものじゃないのに、指輪を無理にお返ししたりして！　だけど、あの指輪があなたのものなら、もちろん、けっしてお返しなんかせず、しっかりいただきましたのにね。」

早口にそういって、伯爵令嬢《はくしゃくれいじょう》オリヴィアは小姓《こしょう》のシザーリオの目をじっとのぞきこんだ。

さっきは道化《どうけ》のフェステに目を見られ、今度はまた伯爵令嬢《はくしゃくれいじょう》オリヴィアに目を見られ、しかも、さっきとおなじで、どうもあいてのいっていることがわからない。

「わたしの指輪とおっしゃられても……。」

小姓《こしょう》のシザーリオがつぶやくようにそういうと、伯爵令嬢《はくしゃくれいじょう》オリヴィアは、

「あ、そうそう。」

となにかを思い出したかのように、小姓《こしょう》のシザーリオにたずねた。

「あなた、お名まえはなんとおっしゃるの？」

もちろん、本名は答えられない。

「はい。シザーリオともうします。」

小姓《こしょう》のシザーリオがそう答えると、伯爵令嬢《はくしゃくれいじょう》オリヴィアは両手をまえで合わせ、

「まあ、すてきなお名前！　シザーリオ！　シザーリオ！　どうしてあなたはシザーリオなの？」

と、小姓《こしょう》のシザーリオがどきりとするようなことをいった。

どうしてシザーリオなのかって？　まさか、偽名《ぎめい》を使っていることを知っているのではないだろうか？　偽名《ぎめい》どころか、ほんとうは女だということも、ばれているのではないだろうか？

小姓《こしょう》のシザーリオはそう思ったが、ここでなにかよけいなことをいっては、ますますぼろが出そうなので、だまっていた。

そっとまわりを見ると、みなあっけにとられた顔で伯爵令嬢《はくしゃくれいじょう》オリヴィアを見てい

る。いや、サー・アンドルー・エイギュチークはあっけにとられているというよりは、目が怒《いか》りに燃《も》えているようで、顔の色も青く、小姓《こしょう》のシザーリオと目が合うと、にらみつけてきた。

しかし、伯爵令嬢《はくしゃくれいじょう》オリヴィアはそんなことにはおかまいなしだった。侍女《じじょ》のマライアはともかく、そこに道化《どうけ》のフェステや叔父《おじ》のサー・トービー・ベルチ、それから、サー・アンドルー・エイギュチークまでいるというのに、だれはばかることもなく、

「ねえ、シザーリオ！　あなた、なにかおっしゃって！　だまってらっしゃるってことは、恋《こい》のはじまりかしら？　好きな人のまえで、口がきけなくなっているっていうなら、いいのですけど……。」

といって、目をうるませて、小姓《こしょう》のシザーリオの右手をとった。

小姓《こしょう》のシザーリオには、どうして手をにぎられるのか、理由がわからない。それで、とにかく、ここは口上をいって、さっさと帰ろうと思い、そっと手を引いてからいった。

「オーシーノ公爵殿下《こうしゃくでんか》にあられましては……。」

小姓《こしょう》のシザーリオが手を引いても、伯爵令嬢《はくしゃくれいじょう》オリヴィアは手をはなさない。それどころか、それまでは片手《かたて》だったのに、両手で小姓《こしょう》のシザーリオの右手をにぎって、それ以上小姓《こしょう》のシザーリオにいわせなかった。

「公爵殿下《こうしゃくでんか》のことなんて、わたしは好きではありません。ああ、暗闇《くらやみ》にかくしておきたくても、恋心《こいごころ》はすぐに明るい外に出てしまう。恋《こい》の闇夜《やみよ》は昼間よ。ああ、シザーリオ！　春のバラにかけて、乙女《おとめ》の操《みさお》、名誉《めいよ》と真実、それから、ありとあらゆるものにかけて、あなたを愛しているわ！」

いったい、どうしてこういうことになるのか、小姓《こしょう》のシザーリオにはわからない。わからないだけではなく、こうなってくると、だんだんこわくなってくる。

小姓《こしょう》のシザーリオはあいている左手を使って、右手にからみついている伯爵令嬢《はくしゃくれいじょう》オリヴィアの手を引きはなした。そして、

「どうも、ご令嬢様《れいじょうさま》のおっしゃっていることがわかりかねるのですが……。」

といいながら、一歩うしろにしりぞいた。そして、二度と手をにぎられないように、

両手をうしろにまわし、右手で左手をつかんだ。

しかし、伯爵令嬢《はくしゃくれいじょう》オリヴィアは引きさがらず、小姓《こしょう》のシザーリオが一歩さがったぶん、一歩まえに出た。

「わからないって？　そんなことないでしょ。あるはずないわ。わたし、告白しているのよ。わたしからいいよっているのだから、あなたからいいよる必要はないって、そうお思いなのね。でも、求めて得た愛もいいけれど、求めずにあたえられた愛はもっとすてきよ。」

ここまでくると、小姓《こしょう》のシザーリオは一歩しりぞくだけではなく、どっと撤退《てったい》せざるをえない。

「いえ、ご令嬢様《れいじょうさま》。わたしといたしましては、そういうことにはお答えできかねます。はい、いえ、もう、けっこうでございます。ここへは二度とまいりません。それでは失礼いたします。」

といって、ぱっとふりかえり、一目散に逃《に》げだすしかなかったのだった。

8　あっちこっちにあるおもしろいこと

——伯爵家《はくしゃくけ》の応接間《おうせつま》——

召使《めしつか》いのフェイビアンが伯爵家《はくしゃくけ》の応接間《おうせつま》にかざってある銀の壺《つぼ》をみがいていると、ドカドカと足音をたてて、サー・アンドルー・エイギュチークが入ってきた。そして、いきなり、

「ああ、もういやだ！　こういうことなら、一刻《いっこく》も早く、ここを出ていくしかない。」

とわめいた。

召使《めしつか》いのフェイビアンは、今みがいている銀の壺《つぼ》のみがきかたに文句《もんく》をいわれたのかと思い、壺《つぼ》をさしだして、いった。

「そんなことをおっしゃいますが、ごらんください。ほら、ピカピカに光っているでしょうが！」

「ピカピカだと？　どこがだ？　光っているどころか、どんよりくもり、すっかりくすんでいる。」

「そりゃあ、サー・アンドルー・エイギュチーク様。いいがかりってものです。ほら……。」

とそこまで召使《めしつか》いのフェイビアンがいったとき、サー・トービー・ベルチが入ってきた。

「サー・アンドルー・エイギュチーク！　なにも走ってもどってくることはないだろうが。」

サー・トービー・ベルチがそういうと、サー・アンドルー・エイギュチークは、

「ひとごとだと思って、きみはそんなふうにいうが、もう終わりだ！」

といって、近くにあるテーブルを両手でドンとたたいた。

それを見て、今度はテーブルクロスによごれがついているのかと思い、召使《めしつか》いのフェイビアンは銀の壺《つぼ》を棚《たな》にもどし、そっとテーブルに近よると、テーブルクロスをのぞきこんだ。

「まっさらだと思いますが……。」

召使《めしつか》いのフェイビアンの言葉に、サー・アンドルー・エイギュチークは大きくうなずき、

「そうとも！」

といいはなってから、

「わたしの心はまっさらだ。まじりっけなく、伯爵令嬢《はくしゃくれいじょう》を愛しているというのに！」

といった。

こうなってくると、なにがどうなっているか、わからなくなってくる。

召使《めしつか》いのフェイビアンはあとからきたサー・トービー・ベルチの顔を見た。

サー・トービー・ベルチは召使《めしつか》いのフェイビアンの顔を見かえして、小さく首をふった。

「姪《めい》のやつ、サー・アンドルー・エイギュチークの目のまえで、『春のバラにかけて、乙女《おとめ》の操《みさお》、名誉《めいよ》と真実、それから、ありとあらゆるものにかけて、あなたを愛

していたわ！』といったんだ。」

どうやら、サー・アンドルー・エイギュチークが文句《もんく》をいっているのは壺《つぼ》のことでも、テーブルクロスのことでもないとわかり、召使《めしつか》いのフェイビアンはほっとして、サー・アンドルー・エイギュチークにいった。

「だったら、よかったではありませんか。まっさらなあなた様の心に、『春のバラにかけて愛してる。』っていうのなら、まったく問題はないのでは？　それとも、サー・アンドルー・エイギュチーク様のご領地《りょうち》のほうでは、むかついた顔でよろこびを表現《ひょうげん》するのがしきたりなので？」

「いや、むかついた顔で表現《ひょうげん》するのは、むかつきだというのは、ここイリリアでも、サー・アンドルー・エイギュチークの領地《りょうち》でもかわりはない。サー・アンドルー・エイギュチークがむかつくどころか、絶望的《ぜつぼうてき》になっているのは、『春のバラにかけて、乙女《おとめ》の操《みさお》、名誉《めいよ》と真実、それから、ありとあらゆるものにかけて、あなたを愛しているわ！』のまえに、『ああ、シザーリオ！』というのがつくからなのだ。」

「なんですって？　『ああ、シザーリオ！』がつく？　そんなことは知らざるを！」

召使《めしつか》いのフェイビアンはそういったのだが、さすがにあまりうまいしゃれではなかったと思ったようで、

「なるほど、シザーリオというのは、サー・アンドルー・エイギュチーク様のお名まえの一部でしたか。サー・アンドルー・エイギュチーク様は正式には、サー・シザーリオ・アンドルー・エイギュチーク様とか、サー・アンドルー・シザーリオ・エイギュチーク様とか、そうおっしゃるのでしょうか。」

といってみた。

「ちがう。シザーリオというのは、オーシーノ公爵殿下《こうしゃくでんか》の小姓《こしょう》の名だ。」

そう答えたのはサー・トービー・ベルチだった。サー・トービー・ベルチはつづけていった。

「姪《めい》のやつは、サー・アンドルー・エイギュチークの目のまえで、公爵殿下《こうしゃくでんか》の小姓《こしょう》のシザーリオに、『ああ、シザーリオ！　春のバラにかけて、乙女《おとめ》の操《みさお》、名誉《めいよ》と真実、それから、ありとあらゆるものにかけて、あなたを愛しているわ！』といったのだ。」

「なるほど、お嬢様《じょうさま》はサー・アンドルー・エイギュチーク様のまえで、『ああ、シザーリオ！　春のバラにかけて、乙女《おとめ》の操《みさお》、名誉《めいよ》と真実、それから、ありとあらゆるものにかけて、あなたを愛しているわ！』とおっしゃったのですね。」

召使《めしつか》いのフェイビアンがたしかめると、サー・トービー・ベルチはもう一度いった。

「そうとも。姪《めい》はサー・アンドルー・エイギュチークの目のまえで、『ああ、シザーリオ！　春のバラにかけて、乙女《おとめ》の操《みさお》、名誉《めいよ》と真実、それから、ありとあらゆるものにかけて、あなたを愛しているわ！』といいきったのだ。」

すると、それまでうつむいて、テーブルクロスをにらみつけていたサー・アンドルー・エイギュチークは顔をあげ、サー・トービー・ベルチにいった。

「きみ、わたしの友だちなら、ご令嬢《れいじょう》のことばをそんなに何度もくりかえすことはないじゃないか。」

事情《じじょう》がわかってきただけではなく、だんだんおもしろくなってきた召使《めしつか》いのフェイビアンはサー・トービー・ベルチに、

「さようでございますよ。そんなふうに何度も、『ああ、シザーリオ！　春のバラにかけて、乙女《おとめ》の操《みさお》、名誉《めいよ》と真実、それから、ありとあらゆるものにかけて、あなたを愛しているわ！』とくりかえすことはないではありませんか。」

といってから、サー・アンドルー・エイギュチークにいった。

「お嬢様《じょうさま》が公爵殿下《こうしゃくでんか》の小姓《こしょう》に気を持たせるようなことをおっしゃったのは、おそらく、あなた様の気を引くためでございますよ。」

「なんだって？　それはどういうことだ、フェイビアン？」

サー・アンドルー・エイギュチークにきかれ、召使《めしつか》いのフェイビアンは自信たっぷりに答えた。

「サー・アンドルー・エイギュチーク様。女というものは、いや、失礼いたしました。お嬢様《じょうさま》は女などという、はしたないものではなく、淑女《しゅくじょ》でありますが、まあ。淑女《しゅくじょ》でも女でも、とかく女性《じょせい》というものは、だれかにぞっこん惚《ほ》れこむと、そのだれかのまえで、ちがうだれかにいいよるようすを見せるのです。この場合、だれかというのはあなた様で、ほかのだれかというのは公爵殿下《こうしゃくでんか》の小姓《こしょう》でございますよ。

お嬢様《じょうさま》がもし、あなた様のまえで、公爵殿下《こうしゃくでんか》の小姓《こしょう》にいい顔をされたとすれば、それは、あなた様をじらし、眠《ねむ》っている勇気を目ざめさせ、心臓《しんぞう》に火をつけ、肝臓《かんぞう》に硫黄《いおう》をほうりこんで、怒《いか》りを燃《も》えあがらせるためだったにちがいないのです。」

そこまでいって、召使《めしつか》いのフェイビアンは大きく息をすい、

「それで、そのとき、あなた様はどうなされたのです？」

とたずねた。

それに答えたのはサー・トービー・ベルチだった。

「ごらんのとおり、怒《おこ》って、ここにかけこんできたんだ。」

「おや、まあ。それはいけませんね。」

召使《めしつか》いのフェイビアンはサー・トービー・ベルチにそういってから、サー・アンドルー・エイギュチークにいった。

「サー・アンドルー・エイギュチーク様。どうしてそのとき、『ひっこんでいろ、若造《わかぞう》！』とかなんとか公爵殿下《こうしゃくでんか》の小姓《こしょう》をどなりつけ、返す刀でお嬢様《じょうさま》に結婚《けっこん》をもうしこまれなかったのですか？　お嬢様《じょうさま》はそれを望んでいたにちがいないのに！　あ

なたの勇気を見せるチャンスだったというのに！」

「なんだって？　勇気を見せるチャンスだったたって？　ご令嬢《れいじょう》も、それを望んでいただって？　そういうことだったのか……。」

そういって、腕《うで》をくんだサー・アンドルー・エイギュチークに、サー・トービー・ベルチがいった。

「そういうことなら、サー・アンドルー・エイギュチーク。今からでもおそくはない。ここで勇気の旗をあげろ！　公爵殿下《こうしゃくでんか》の小姓《こしょう》に決闘《けっとう》をもうしこむのだ。やつを剣《けん》でぎたぎたにしてやるのだ。そうすれば、姪《めい》だって、ぐっとくるにきまっている。」

「そうですよ、サー・アンドルー・エイギュチーク様。お嬢様《じょうさま》はぐっときて、どっとあなたの胸《むね》にしなだれかかります。」

召使《めしつか》いのフェイビアンが尻馬《しりうま》にのってそういうと、サー・アンドルー・エイギュチークは大きくうなずいて、いった。

「よし、きまった。決闘《けっとう》だ。あいつに決闘《けっとう》をもうしこんでやる。だが、決闘状《けっとうじょう》はだれがとどけるんだ。」

「わたしがとどけてやるから、安心しろ。」

サー・トービー・ベルチはそう答えてから、さらに、サー・アンドルー・エイギュチークにいった。

「わかっていると思うが、書きはじめは、『親愛なるシザーリオ様、ならびにご家族様。晴れた日がつづくこのごろ、皆様《みなさま》がたにおかれましては、ご健勝《けんしょう》のことと存《ぞん》じあげます。』などというのはだめだぞ。」

「えっ？　そうなのか。教えてもらって、よかった。あやうくそう書きはじめるところだった。それでは、どういうふうにするんだ？」

サー・アンドルー・エイギュチークにきかれ、サー・トービー・ベルチはあごの下を右手でつまみ、少し考えてからいった。

「てめえ、この小姓野郎《こしょうやろう》……かな？　いや、うん。それがいい。てめえ、この小姓《こしょう》野郎《やろう》。シザーリオ、いやさ、シザ公！　おれをだれだと思っていやがる。つけあがるのもいいかげんにしやがれ……、と、こんなふうに書いて、あとは決闘《けっとう》をもうし

こんで、場所と日時を書いたら、それでいい。いっておくが、最後に、『それではご家族の皆様《みなさま》によろしくおつたえください。心からの尊敬《そんけい》をこめて。』なんて、そういうのは書かなくていい、というより、書いてはだめだからな。」

「わかった。『それではご家族の皆様《みなさま》によろしくおつたえください。心からの尊敬《そんけい》をこめて。』はだめなんだな。じゃあ、どう書けばいい？」

「うむ。『かならずこいよ。こなければ、おまえの臆病《おくびょう》はイリリア中に知れわたるぞ。鬼神《きじん》もたじろぐサー・アンドルー・エイギュチークより。』って、そう書いておけばいい。」

「それじゃあ、むこうにいって、ちょっと書いてくる。ここで待っていてくれ。」

サー・アンドルー・エイギュチークがいきおいこんで応接間《おうせつま》から出ていくと、うしろから、サー・トービー・ベルチが声をかけた。

「あとで、こちらから、きみが使っている部屋《へや》にとりにいくから、ゆっくり書くといい！」

サー・アンドルー・エイギュチークがいってしまうと、召使《めしつか》いのフェイビアンがサー・トービー・ベルチにいった。

「なんだか、おもしろいことになってきましたが、決闘《けっとう》とは、あまりおだやかではありませんね。もし、サー・アンドルー・エイギュチーク様と公爵殿下《こうしゃくでんか》の小姓《こしょう》のどちらかが死んだりしたら、どうなさるのです。」

サー・トービー・ベルチはにやにやしながら、答えた。

「公爵殿下《こうしゃくでんか》の小姓《こしょう》をわたしの友だちが殺すのはまずい。そんなことをすれば、公爵《こうしゃく》殿下《でんか》だって、いい気持ちはしないだろう。それから、サー・アンドルー・エイギュチークが死ぬのもまずい。なにしろ、あの男はわたしの金づるだからな。今までだって、ざっと二千ポンドは使わせている。これからも使ってもらうためには、なんといっても、生きていてくれないとな。でも、だいじょうぶ！　あの小姓《こしょう》が決闘《けっとう》を受けてたつと思うか？　あんな女みたいなからだつきで、一人前《いちにんまえ》に剣《けん》などふりまわせまい。それに、今はいきりたっているが、サー・アンドルー・エイギュチークの肝《きも》っ玉《たま》には、ノミが吸《す》う血ほどの勇気もない。決闘《けっとう》なんかにはならないさ。」

「なるほど……。」

と召使《めしつか》いのフェイビアンがうなずいたところで、侍女《じじょ》のマライアが応接間《おうせつま》に入ってきた。

侍女《じじょ》のマライアはそこにいるふたりにいった。

「おなかの皮がよじれるほど笑いたかったら、わたしについてくるといいわ。あのまぬけな侍従《じじゅう》のマルヴォーリオのやつ、しっかりにせ手紙を信じこみ、黄色い靴下《くつした》と十文字にしめた靴下留《くつしたど》めというういでたちで、にやにや笑いの練習よ。」

「おお、そうか。おもしろいことは……。」

とサー・トービー・ベルチがいうと、そのあとを召使《めしつか》いのフェイビアンがいいたした。

「あっちこっちにあるもんだなあ……。」

9　笑う侍従《じじゅう》のマルヴォーリオとやる気満々《まんまん》のサー・トービー・ベルチ

――伯爵家《はくしゃくけ》の庭――

ところで、小姓《こしょう》のシザーリオ、つまりヴァイオラの双子《ふたご》の兄で、ヴァイオラといっしょに船で遭難《そうなん》し、マストの木材にからだをしばりつけて、荒波《あらなみ》にのって、遠ざかっていったセバスチャンだが、たまたまとおりがかったほかの船に助けられ、その船の船長に、みょうに気にいられてしまい、イリリアまで送ってくれただけではなく、どういうわけか、

「どうか、召使《めしつか》いとして、わたしにおともをさせてください！」

とまでいわれてしまい、

「いや。わたしは妹をさがさなくてはならないから。」

とことわったのだが、それでも、船長はセバスチャンと、はなれなかった。

船長の名まえはアントーニオといって、じつをいうと、このアントーニオはオーシーノ公爵《こうしゃく》から見ると、仇《かたき》も同然で、その理由をここで説明しておこう。

じつはアントーニオの船というのは海賊船《かいぞくせん》で、というか、ふだんは商船なのだが、ときには海賊《かいぞく》もやるという船で、以前、オーシーノ公爵《こうしゃく》の艦隊《かんたい》と一戦まじえ、かなりの宝物《たからもの》をぶんどったことがあるのだ。それで、オーシーノ公爵《こうしゃく》の艦隊《かんたい》の船長のひとりに、しっかり顔を見られ、人相書《にんそうが》きもまわっている。つまり、かんたんにいうと、アントーニオはここイリリアではおたずね者というわけだ。

そういうことで、アントーニオはおたずね者だから、セバスチャンといっしょに、セバスチャンの妹のヴァイオラをさがして、あちこちたずね歩くわけにはいかない。おたずね者はたずねる者にはなれないというわけだ。

ふたりは、アントーニオのなじみの宿のエレファント亭《てい》という宿屋に泊《と》まっていて、昼間、セバスチャンがヴァイオラをさがしているあいだ、アントーニオはエレファント亭《てい》に引きこもっている。

セバスチャンはおたずね者ではないから、あちこちたずね歩くことができるが、なにしろ船で遭難《そうなん》し、命とそのとき着ていたもの以外、すべてを失っているから、まるっきり金がない。そこで、ちょっとはましな服を買ったり、外で食べたり飲んだりするには、それなりに金がかかろうということで、アントーニオはセバスチャンに、さいふごと金をあずけてあった。自分はずっとエレファント亭《てい》にいるので、金を使うことがないからと思ったのだ。

さて、伯爵家《はくしゃくけ》の庭では、伯爵令嬢《はくしゃくれいじょう》オリヴィアが、

「あのかたがもどってこられたら、どうやっておもてなしをしようかしら。」

と侍女《じじょ》のマライアにいって、なにやらやきもきしているが、なぜかといえば、オーシーノ公爵《こうしゃく》の小姓《こしょう》のシザーリオが逃《に》げるように帰ってから、伯爵令嬢《はくしゃくれいじょう》オリヴィアはすぐに召使《めしつか》いのひとりに命じ、小姓《こしょう》のシザーリオのあとを追わせ、呼《よ》びもどすようにといったからだ。

伯爵令嬢《はくしゃくれいじょう》オリヴィアが、

「なにかプレゼントをするというのは、どうかしら。お若《わか》いかたの心をつかむには、プレゼントがいちばんですからね。そうだ。こういうことなら、マルヴォーリオが

よく知っているんじゃないかしら。ねえ、マライア。マルヴォーリオはどこにいったの？」

と侍女《じじょ》のマライアにたずねると、そのとき、侍従《じじゅう》のマルヴォーリオがちょうどこちらに歩いてきた。

それを見て、侍女《じじょ》のマライアは伯爵令嬢《はくしゃくれいじょう》オリヴィアに、いちおういっておこうと思い、

「お嬢様《じょうさま》。あそこにマルヴォーリオがやってきます。でも、なんだか、ようすが変です。きっと悪魔《あくま》に取りつかれたのです。」

といった。

悪魔《あくま》がいるかいないかは別として、かりにいるとしても、そうかんたんに人間に取りつくものでもなかろう。じっさい、侍従《じじゅう》のマルヴォーリオに取りついているのは悪魔《あくま》ではなく、侍女《じじょ》のマライアが書いたにせの手紙なのだ。

「ほんと、たしかにようすが変ね。あの人、どうしたのかしら？」

侍従《じじゅう》のマルヴォーリオが近よってくるのを見て、伯爵令嬢《はくしゃくれいじょう》オリヴィアがそういう

と、侍女《じじょ》のマライアは、

「このごろ、マルヴォーリオはにたにた、いやな笑いを年中、顔に浮《う》かべているのです。どう考えても、悪魔《あくま》に取りつかれ、気が変になっておりますから、お嬢様《じょうさま》、しばらく護衛《ごえい》をおつけになったほうがよろしゅうございます。」

などといった。

「気が変なのは、わたしもおなじだから……。」

伯爵令嬢《はくしゃくれいじょう》オリヴィアがそうつぶやいたとき、侍従《じじゅう》のマルヴォーリオがふたりのすぐそばにきて、

「かわいいお嬢様《じょうさま》。ホッホー。」

と笑った。

さすがに、侍従《じじゅう》が主人にむかって、

「かわいいお嬢様《じょうさま》。ホッホー。」

はおかしい。

「気が変なのは、わたしもおなじだから……。」

といって、まあ、いいかにしておくには、ちょっと変の度合いが高すぎる。

そこで、伯爵令嬢《はくしゃくれいじょう》オリヴィアはきつく、

「あなた、なにがおかしいの？」

といってから、

「あなたに、まじめなお話があるんだけど。」

といった。

「まじめな話？　おお、まじめな話ですか。おお、まじめな話で、大まじめなお話ってわけですな。それはまた、おおいにけっこうですな、お嬢様《じょうさま》。あのうるわしい字で書かれたお手紙も、非常《ひじょう》にまじめな内容《ないよう》でしたよ。」

侍従《じじゅう》のマルヴォーリオがなにをいっているのか、伯爵令嬢《はくしゃくれいじょう》オリヴィアにはまるでわからない。わかるのは、そこにいる侍女《じじょ》のマライアだ。

侍女《じじょ》のマライアは、侍従《じじゅう》のマルヴォーリオが伯爵令嬢《はくしゃくれいじょう》オリヴィアにこっぴどくはねつけられ、きびしくしかられるのを今か今かと待ちながらも、そうだ、こうしてはいられない、サー・トービー・ベルチたちを呼《よ》びにいかねばと思い、そっとその場をはなれた。

侍女《じじょ》のマライアがいなくなって、侍従《じじゅう》のマルヴォーリオは、もうだれはばかることもなく、気が大きくなって、

「あのお手紙のことでしたら、このわたくし、まったく問題はありません。黄色い靴下《くつした》もはいておりますし、ほれ、このとおり、靴下留《くつしたど》めは十文字にしめておりまして。」

といい、右足をあげて、伯爵令嬢《はくしゃくれいじょう》オリヴィアのほうにつきだした。しかも、右足だけではたりず、左足も見せようとしたのか、左足もあげようとしたものだから、よろよろとよろけた。それでも、左足を見せることをあきらめず、できれば、右足と同時に見せたいのか、左右の足を交互《こうご》にあげたりおろしたりしはじめた。しかも、腰《こし》に両手をあてているので、まるで踊《おど》っているようにしか見えない。

さらに、それだけではたりず、

「あ、それ、ホッホー！　あ、それ、ホッホー。これで、あなたが楽しけりゃ、わたしも楽しい、ホッホッホッホー！　歌の文句《もんく》じゃないけれど、おまえひとりが楽しけ

りゃ、世の中、みんな楽しいよ！」

とわめきだしたのだ。そして、

「あ、ホッホー、あ、ホッホー！」

と歌っているのか、わめいているのか、ひとりで奇妙《きみょう》な動きをしばらくつづけていたが、やがて、それだけではたりず、腰《こし》にあてていた右手をあげ、くちびるにつけ、伯爵令嬢《はくしゃくれいじょう》オリヴィアにむかって投げキッスをしたのだから、こうなってくるともう、伯爵令嬢《はくしゃくれいじょう》オリヴィアも、

「さがりなさい！」

と命じるしかなくなった。

しかし、手紙には、

〈高貴《こうき》な身分を恐《おそ》れてはいけません。勇気を出して、わたしの手をお取りになって。〉

と書いてあったではないか。

侍従《じじゅう》のマルヴォーリオは投げキッスをしたその手を伯爵令嬢《はくしゃくれいじょう》オリヴィアのほうに

のばしてきた。

「さがりなさい、マルヴォーリオ！」

伯爵令嬢《はくしゃくれいじょう》オリヴィアはもう一度そう命じたが、侍従《じじゅう》のマルヴォーリオは、

「さがるって、どこへです？　かわいいお嬢様《じょうさま》。」

などといって、にやにや笑うばかりだ。

「あなた、おかしくなってますよ。寝室《しんしつ》にさがって、休みなさい！」

きつい口調で伯爵令嬢《はくしゃくれいじょう》オリヴィアがそういったのだが、侍従《じじゅう》のマルヴォーリオは、

「寝室《しんしつ》ですって？　もうですか？　お嬢様《じょうさま》の寝室《しんしつ》にうかがえばよろしいので？」

などというしまつだった。

もし、ここで、小姓《こしょう》のシザーリオをむかえにいった召使《めしつか》いがもどってこなければ、侍従《じじゅう》のマルヴォーリオは伯爵令嬢《はくしゃくれいじょう》オリヴィアに抱《だ》きついていただろう。そうなったら、いくら長年勤《つと》めた侍従《じじゅう》とはいえ、即刻《そっこく》くびになる。だが、運のいいことに、召《めし》使《つか》いが帰ってきて、

「お嬢様《じょうさま》。オーシーノ公爵殿下《こうしゃくでんか》のお若《わか》いご家来にもどってきていただきました。あ

ちらでひかえておりますが、いかがいたしましょう。」

といい、そのうえ、どこからか、侍女《じじょ》のマライアももどってきたので、さすがに侍《じ》従《じゅう》のマルヴォーリオも伯爵令嬢《はくしゃくれいじょう》オリヴィアに抱《だ》きつくことまではしなかった。

伯爵令嬢《はくしゃくれいじょう》オリヴィアはまず、小姓《こしょう》のシザーリオをむかえにいった召使《めしつか》いに、

「すぐにいきます。」

といってから、侍女《じじょ》のマライアにいった。

「マルヴォーリオはたしかにおかしくなっているわ。この人のめんどうをしっかり見てね。いったい、叔父様《おじさま》はどこにいかれたのかしら。こういうだいじなとき、いつだって、どこかにいってしまうのだから、こまったものね。マルヴォーリオには特別な世話が必要なのに。ほうっておいたら、マルヴォーリオはひどいことになってしまう。」

侍女《じじょ》のマライアはまさか、

「はい。サー・トービー・ベルチ様でしたら、召使《めしつか》いのフェイビアンをつれて、すぐにいらっしゃいます。なぜって、このわたしが今しがたおむかえにいき、『早く

いらっしゃらないと、おもしろいものを見すごしますよ。』ともうしあげてきたのですから。」

とほんとうのこともいえず、ただ、

「さあ、どうなさったのでしょう、サー・トービー・ベルチ様は。」

などといって、館《やかた》のほうを見るだけにしておいた。

「では、まいりましょう。」

と伯爵令嬢《はくしゃくれいじょう》オリヴィアが召使《めしつか》いと去ってしまうと、侍従《じじゅう》のマルヴォーリオは、

「ホッホッホー！　わたしに特別な世話？　つまり、サー・トービー・ベルチを呼《よ》んで、わたしの世話をさせる気だ。これはいい！　なにもかも、神様のおかげだ。神様、どうもありがとうございます！」

などといったのだが、そこへ召使《めしつか》いのフェイビアンをつれて、サー・トービー・ベルチが、

「どこだ、どこだ、どこだ！　悪魔《あくま》に取りつかれたっていうやつは？　このわたしがきたからには、たとえ悪魔《あくま》の親玉でも、きっちり話をつけてやる！」

と大声でわめきながら、走ってきた。そして、侍従《じじゅう》のマルヴォーリオのまえまでくると、

「おまえだな?」

といって、顔をのぞきこんだ。

すると、召使《めしつか》いのフェイビアンも尻馬《しりうま》にのり、侍従《じじゅう》のマルヴォーリオに、

「いったい、どうしたんだい、おまえさん?」

などと、あいてをなめきった口調でいった。

「だまれ、おまえなどに用はない。さがれ、さがれ!」

まるでもう主人になったかのように、侍従《じじゅう》のマルヴォーリオはそういったところで、侍女《じじょ》のマライアは召使《めしつか》いのフェイビアンにいった。

「ね? このとおりよ。」

サー・トービー・ベルチはおもしろがって、侍従《じじゅう》のマルヴォーリオをからかう。

「どうした、マルヴォーリオ。悪魔《あくま》に取りつかれたなら、わたしがなんとかしてやる。いいか。悪魔《あくま》に身をまかせてはいかんぞ。悪魔《あくま》は人間の敵《てき》だ。悪魔《あくま》とはあくま

でも戦わねばならない。いいか、これは悪魔《あくま》でも悪魔《あくま》と戦うという意味ではない。それだと、同士討《どうしう》ちになるからな。」

侍従《じじゅう》のマルヴォーリオはサー・トービー・ベルチにいった。

「わたしの世話をしにきたのだろうが、なにをいっているのか、自分でおわかりか？　悪魔《あくま》がどうとか。」

すると、侍女《じじょ》のマライアが召使《めしつか》いのフェイビアンにいった。

「ほらね、悪魔《あくま》のことをいいだすと、こうやって、きつくいいかえすのは、悪魔《あくま》に取りつかれている証拠《しょうこ》よ。悪い魔法《まほう》にかかっているのね。」

「そうだ、魔法《まほう》だ。魔法《まほう》にかかっているぞ。どんな魔法《まほう》かはわかっているが、じゃない、わからないが、こうなったら、この人のおしっこを呪術師《じゅじゅつし》のばあさんのところに持っていき、魔法《まほう》をといてもらわないといけない。」

召使《めしつか》いのフェイビアンの言葉に、侍女《じじょ》のマライアはおおげさにうなずき、

「そうね、そうね。あした、さっそく持っていきましょ。」

といったものだから、侍従《じじゅう》のマルヴォーリオはたけりくるって、

「なんだと、この女！」

と、侍女《じじょ》のマライアにつかみかかろうとした。そこで、サー・トービー・ベルチがわってはいり、

「まあ、まあ。おちつけよ、マルヴォーリオ。早いところ、悪魔《あくま》とはさよならをしたほうがいいぞ。いい年をして、みっともない。」

と、なだめているのか、ますます怒《おこ》らせようとしているのか、そんなことをいったものだから、侍従《じじゅう》のマルヴォーリオは、

「ええい、おれをだれだと思っているのだ、この蛆虫《うじむし》どもめ。おれ様はおまえたちとは住む世界がちがうのだ。そこをどけ！　いずれ、わからせてやるからな！」

とどなると、

「お嬢様《じょうさま》ーっ！」

と大声をあげ、伯爵令嬢《はくしゃくれいじょう》オリヴィアが去っていったほうに走っていってしまった。

侍従《じじゅう》のマルヴォーリオのうしろ姿《すがた》を目で追いながら、召使《めしつか》いのフェイビアンがいった。

「だいじょうぶですかね、あの男。」

「だいぶ毒がまわってきたな。」

サー・トービー・ベルチがうなずくと、召使《めしつか》いのフェイビアンはいった。

「あのぶんじゃあ、ほんとうに頭がおかしくなってしまうんじゃあ……。」

「そのほうがいいじゃないの。気が狂《くる》って、お屋敷《やしき》を追い出されたら、静かになるわ。」

侍女《じじょ》のマライアがそういうと、サー・トービー・ベルチは、

「いやいや、まだまだ。この調子で、どんどんいこう。」

と、ますますやる気満々《まんまん》なのであった。

10 思いがけないどたばた騒《さわ》ぎ
――あいかわらず伯爵家《はくしゃくけ》の庭――

侍従《じじゅう》のマルヴォーリオがこれからどんなに恥《はじ》をかくのか、サー・トービー・ベルチと侍女《じじょ》のマライアと召使《めしつか》いのフェイビアンがおもしろがって、庭でわいわいさわいでいると、そこにサー・アンドルー・エイギュチークがやってきた。

「サー・トービー・ベルチ、決闘状《けっとうじょう》、書きあがったぞ。取りにくるといっていたのに、きみがこないから、持ってきた。さあ、読んでみてくれ。」

そういって、サー・アンドルー・エイギュチークは手に持っていた手紙をサー・トービー・ベルチにわたした。

「いや、今まさに、取りにいこうとしていたところだ。だが、持ってきたのなら、ちょうどいい。読んでみよう。どれどれ……。」

といって、サー・トービー・ベルチは声をあげて、サー・アンドルー・エイギュチークの決闘状《けっとうじょう》を読みはじめた。

「やい、若造《わかぞう》！　だめ男！　なぜなら、おれは頭にきている。なんとなれば、うるわしのオリヴィア姫《ひめ》がてめえにやさしくするからだ。しかも、そういう理由で、てめえは大うそつきで、身分いやしい小姓《こしょう》のくせに、こっちはれっきとした〈サー〉がつく騎士《きし》だというのに、それだからこそ、きさまはそんなことは、さーと首をかしげて、知らないだろうが、小姓《こしょう》と騎士《きし》では、どっちがえらいか、それさえ知らないだろうから、それにもかかわらず、おれ様はてめえに、そのあたりのことを剣《けん》で教えてやるから、ありがたく思え。ありがたく思って、感謝《かんしゃ》しろ。おれに感謝《かんしゃ》するのがいやなら、神様に感謝《かんしゃ》しろ。おれ様かてめえか、どっちがさきに神様のところにいくか競争だ。この競争は、さきに神様に会ったほうが負けだ。それにもかかわらず、神様に会うというのは死ぬということだからな。ようするに、てめえとおれ様のどっちかが死ぬっていうことだ。むずかしくいうと、決闘《けっとう》だ。だから、おれ様はてめえに決闘《けっとう》をもうしこむのだ。逃《に》げるなよ。偉大《いだい》なるサー・アンドルー・エイギュチークより……。」

サー・トービー・ベルチは声に出して一度読み、それからだまって二回読んだが、どうも意味がわかりにくい。これでは、どうして決闘《けっとう》をもうしこまれなければならないのか、あいてもよく理解《りかい》できないだろうと思った。だが、そんなことは口に出さず、そのかわり、

「いや、サー・アンドルー・エイギュチーク！　すばらしい！　こんなによくできた決闘状《けっとうじょう》は見たことがない。これは、わたしがあの小姓《こしょう》にわたしてきてやるから、館《やかた》の玄関《げんかん》でまっていろ。あいつが決闘状《けっとうじょう》を読んだら、むかえにいってやる。」

といった。

「わかった。」

とうなずいて、サー・アンドルー・エイギュチークが館《やかた》のほうに引きかえしていくと、サー・トービー・ベルチは侍女《じじょ》のマライアと召使《めしつか》いのフェイビアンにいった。

「こんな決闘状《けっとうじょう》じゃあ、話にならない。あいては大笑いするだけだ。しかたがない。わたしが口上でつたえよう。ついでに、どんなにサー・アンドルー・エイギュチー

クが強いか、大ぼらを吹《ふ》いて、あの小姓《こしょう》をびびらせてやろう。そうすれば、決闘《けっとう》をする気になぞ、ならんだろうからな。こっちは、ふたりが血を流すところを見たいわけじゃない。びびりあっているところを見て、おもしろがりたいだけだからな。」

サー・トービー・ベルチがうれしそうに決闘状《けっとうじょう》をふところにしまうと、門のほうから、伯爵令嬢《はくしゃくれいじょう》オリヴィアと小姓《こしょう》のシザーリオが歩いてきた。

それを見て、召使《めしつか》いのフェイビアンがいった。

「つごうのいいことに、あの小姓《こしょう》がこっちにきますよ。だけど、お嬢様《じょうさま》もいっしょじゃあ、決闘状《けっとうじょう》をあいつにわたすわけにはいきませんよね。お嬢様《じょうさま》はあの小姓《こしょう》のかたを持つにきまってます。こっちがサー・アンドルー・エイギュチーク様をけしかけたなんていうことがわかったら、わたしとマライアはくびになり、サー・トービー・ベルチ様はお屋敷《やしき》に出入りできなくなりますよ。」

「そうだな。じゃあ、ちょっとかくれて、小姓《こしょう》がひとりっきりになるのを待つか。」

サー・トービー・ベルチはそういって、近くのしげみに身をひそめた。もちろん、あとのふたりも、しげみにかくれた。

そこへ伯爵令嬢《はくしゃくれいじょう》オリヴィアと小姓《こしょう》のシザーリオがやってきた。

「どうもわたしには、ご令嬢様《れいじょうさま》のおっしゃっていることがわかりません。もう、ここで帰らせていただきたいのですが。」

小姓《こしょう》のシザーリオがそういって立ちどまると、伯爵令嬢《はくしゃくれいじょう》オリヴィアも立ちどまった。

「ですから、さっきから何度ももうしあげているでしょう。こうして、つつしみも名誉《めいよ》も投げうって、あなたに愛をうちあけたのに、どうしておわかりにならないのかしら。もう、わたし、苦しくてしかたがないのよ。」

伯爵令嬢《はくしゃくれいじょう》オリヴィアの言葉に、小姓《こしょう》のシザーリオは、

「その苦しみを公爵殿下《こうしゃくでんか》も味わわれておいでなのです。」

といったのだが、そんなことにはおかまいなしに、伯爵令嬢《はくしゃくれいじょう》オリヴィアは首からペンダントをはずすと、それを小姓《こしょう》のシザーリオの手にむりやりにぎらせた。

「このペンダントの中には、わたしの絵が入っています。絵はあなたのそばにいるだけで、口をきいたりしませんから、あなたのご迷惑《めいわく》にはならないわ。」

「いえ、これをいただくわけにはまいりません。わたしの愛はわたしの主人のものですから。」

小姓《こしょう》のシザーリオはペンダントを返そうとするが、伯爵令嬢《はくしゃくれいじょう》オリヴィアは、

「あなたのご主人への愛というのは、忠誠心《ちゅうせいしん》のことでしょ。わたしの愛は男女の愛よ。わからないの?」

といって、手をうしろにまわし、受けとろうとしない。

「いえ、お嬢様《じょうさま》の愛は男女の愛ではありません。無理なんです、お嬢様《じょうさま》と男女の愛など、それはできない相談です。」

「相談しようっていうのではありません。まあ、相談から入るのがあなたの方法だとおっしゃるなら、相談からでもけっこうですけどね。相談は愛のはじまりともうしますからね。つまりは、なにから入ろうが、目的はひとつ。愛し合おうというのです。それさえおわかりなら、相談からでも、陳情《ちんじょう》からでも、告訴《こくそ》からだって、かまいませんわ。」

「ですから、わたしの愛は公爵殿下《こうしゃくでんか》の……。」

小姓《こしょう》のシザーリオはそういって、なおもペンダントを返そうとしたが、伯爵令嬢《はくしゃくれいじょう》オリヴィアは、

「それじゃあ、シザーリオ。わたしのシザーリオ。どうしても返すというなら、また、あしたきてちょうだい！」

といいのこし、館《やかた》のほうに走っていってしまった。

「待ってください！」

小姓《こしょう》のシザーリオは伯爵令嬢《はくしゃくれいじょう》オリヴィアを追いかけようとしたが、そのとき、しげみの中から、

「待て！」

と出てきたのはサー・トービー・ベルチだった。

サー・トービー・ベルチは小姓《こしょう》のシザーリオのまえに出ると、

「そうやって、わたしの姪《めい》を追いかけているから、おまえはわたしの友のサー・アンドルー・エイギュチークに決闘《けっとう》をもうしこまれるようなことになるのだ。」

といい、小姓《こしょう》のシザーリオがあっけにとられていると、早口でまくしたてた。

「サー・アンドルー・エイギュチークはおまえの無礼を見かねて、おまえに決闘《けっとう》をもうしこむ。このわたし、サー・トービー・ベルチが代人として、それをおまえにつたえにきた。いっておくが、サー・アンドルー・エイギュチークは、剣《けん》を取ったら、イリリア一の肝《きも》は大きい凄腕剣士《すごうでけんし》だ。今まで決闘《けっとう》でたおしたあいては数知れず、問答無用のアンドルーといえば、サー・アンドルー・エイギュチークその人のことだ!」

「そんな! わたしがどんな無礼をはたらいたとおっしゃるのです。わたしはそのサー・アンドルー・エイギュチークというかたなど知りません。わけをお聞かせください。」

小姓《こしょう》のシザーリオがそういったところで、しげみの中から、侍女《じじょ》のマライアと召使《めしつか》いのフェイビアンが出てきた。

サー・トービー・ベルチは召使《めしつか》いのフェイビアンに、

「わたしはこれから、サー・アンドルー・エイギュチークをむかえにいってくるから、ここで、この小姓《こしょう》を見はっていろ。」

といいのこし、小走りで館《やかた》にむかった。ところが、まっしぐらにいったかというと、そうではなく、とちゅう一度立ちどまると、腰《こし》から剣《けん》をはずし、草むらの中にかくしてから、ゆっくり歩いていったのだ。だが、もちろん、館《やかた》の玄関《げんかん》が見えるあたりからは、猛《もう》スピードで走ってきた。

館《やかた》の玄関《げんかん》では、サー・アンドルー・エイギュチークがこちらを見て、待っていた。

「どうだ？　決闘状《けっとうじょう》をわたしてくれたか？」

「も、もちろんだ。」

わざと息をきらせ、サー・トービー・ベルチがうなずくと、サー・アンドルー・エイギュチークはきいてきた。

「どうだった？　あいつ、びびっていたか？」

「いや、それがどうも……。」

とサー・トービー・ベルチは暗い表情《ひょうじょう》を作り、

「びびるどころか、うれしそうに決闘状《けっとうじょう》を何度も読んで、『これでまた、おとがめなしで、人を殺せる。』なんていったんだ。だから、わたしが、『そんなことをいってておどしてもだめだ。おまえにサー・アンドルー・エイギュチークをたおせるわけがない。』といってやった。そうしたら、『それじゃあ、そのサーだかソーだかの営《えい》業中《ぎょうちゅう》ってやつをぶっ殺すまえに、おまえから血まつりにしてやるから剣《けん》をぬけ！』なんていったんだ。」

といって、ぶるっとふるえてみせた。

「そんなことをいったのか、あいつ。それで、きみはどうしたんだ？　剣《けん》をぬいたのか？」

サー・アンドルー・エイギュチークにきかれ、サー・トービー・ベルチは、

「わたしの腰《こし》を見てみろ。剣《けん》があるか？」

といった。

サー・アンドルー・エイギュチークはサー・トービー・ベルチの腰《こし》を見ると、いつもさげている剣《けん》が鞘《さや》ごとないではないか。

「どうしたんだ、剣《けん》は？」

サー・アンドルー・エイギュチークにきかれ、サー・トービー・ベルチはいかにもなさけなさそうにいった。

「どうしたって？　わたしが剣《けん》に手をかけようとしたときにはもう、文字《もじ》どおり、目にもとまらぬ速さで、あいつはわたしの剣《けん》をうばいとっていた。そして、わたしの剣《けん》をぬき、切っ先をわたしののどもとにつきつけた。それで、『さあ、早く、その営業中《えいぎょうちゅう》のサーの騎士《きし》のところにいって、こういうんだ。とっとと死にこい。死神がそこまでむかえにきているとな。』って。それで、わたしは命からがら、走ってきたってわけなのだが、どうする、サー・アンドルー・エイギュチーク。」

サー・アンドルー・エイギュチークはごくりとつばを飲みこんだ。

「ど、ど、ど、どうするって？　ああ、そんなことなら、あんな決闘状《けっとうじょう》なんか、書かなけりゃよかった。なあ、サー・トービー・ベルチ、きみはわたしの友だちだろ。きみには、いろいろおごったりもしてきたよな。だからってわけじゃないが、これからあいつのところにいって、あの決闘状《けっとうじょう》は冗談《じょうだん》ですって、そういってくれないか。」

「冗談《じょうだん》ですむかい？　あんなふうに、小姓《こしょう》と騎士《きし》では、どっちがえらいか、それさえ知らないだろうから、剣《けん》で教えてやるなんて、そんなことをいっておいて、あれは冗談《じょうだん》でとおるものか。」

「いや、そこをとおしてもらってくれよ。なあ、お願いだ、サー・トービー・ベルチ。冗談《じょうだん》でとおしてもらったら、きみにわたしの馬をやるよ。」

「えーっ！」

と、これはふりではなく、ほんとうに驚《おどろ》いて、サー・トービー・ベルチは声をあげ、

「う、馬をくれるって？　あの馬を？　きみの馬は名馬で有名じゃないか。わ、わかった。冗談《じょうだん》でとおるか、とおらないか、やるだけはやってみよう。」

サー・トービー・ベルチはそういうが早いか、今度は本気の大いそぎで、小姓《こしょう》のシザーリオのところにむかって走っていった。

ちょうどそのころ、小姓《こしょう》のシザーリオは、わけもわからず呼《よ》びもどされたうえ、伯爵令嬢《はくしゃくれいじょう》オリヴィアから愛をうちあけられたばかりのところ、さらに今度は決闘《けっとう》をもうしこまれるなんて、理不尽《りふじん》きわまるわけで、こんなところで死ぬのはいやだから、そこにいた召使《めしつか》いのフェイビアンにとりなしをたのんでいた。

「ねえ、きみ。わたしは決闘《けっとう》なんて、いやだ。なんとか、ならないか。」

「そんなことといったってねえ……。」

と召使《めしつか》いのフェイビアンがこまった顔をすると、横から侍女《じじょ》のマライアが話に入ってきた。
「ねえ、フェイビアン。あなた、サー・アンドルー・エイギュチーク様には、ずい
ぶんかわいがられているじゃないの。あなたがとりなせば、なんとかなるんじゃな
いかしら。」
「とりなすって、どうやって？」
「だからさ、サー・アンドルー・エイギュチーク様だって、いったん決闘《けっとう》をもうし
こんだ以上は、なにもしないってわけにはいかないでしょうが、サー・アンド
ルー・エイギュチーク様が斬《き》りかかってきたら、こちらのお小姓《こしょう》さんには、さっと
身を引いていただくのよ。そうしたら、間髪《かんはつ》をいれず、あなたがおふたりのあいだ
にわってはいるの。そうしたら、なんとかなるんじゃないかしら。」
いざとなったら、サー・トービー・ベルチがなんとかするだろうと、召使《めしつか》いの
フェイビアンは思い、
「そうだな。なんとかなるかもしれないな。」

と答えてから、小姓《こしょう》のシザーリオにいった。

「じゃあ、そうしましょう。サー・アンドルー・エイギュチーク様が斬《き》りかかってきたら、あなたはさっと身を引いてください。あとは、わたしがなんとかしましょう。」

「わかった。斬《き》りかかってきたら、身を引くんだね。そうしたら、とりなしてもらえるってことだね。だけど、うまくいくだろうか……。」

ほっとしたのが半分、それでもまだ心配が半分で、小姓《こしょう》のシザーリオがそういい、

「まあ、やってみますよ。」

と召使《めしつか》いのフェイビアンが答えたとき、むこうからサー・トービー・ベルチがかけもどってくるのが見えた。そこで、召使《めしつか》いのフェイビアンはサー・トービー・ベルチのほうに走っていき、

「あの小姓《こしょう》、びびりまくってますよ。それで、サー・アンドルー・エイギュチーク様が斬《き》りかかったときに、わたしがわってはいり、とりなしてやるって、そういっていたところです。もっとも、これはマライアの案ですが。」

と報告《ほうこく》した。

「よし、なかなかいいぞ。さすがにマライアだ。では、わたしはもう一度、サー・アンドルー・エイギュチークのところにいって、ここにつれてくる。だいじょうぶだ。サー・アンドルー・エイギュチークはたっぷりふるえあがらせてあるから、決闘《けっとう》にはならない。」

そういって、サー・トービー・ベルチはまたサー・アンドルー・エイギュチークのところにもどったが、さっきかくした剣《けん》をひろっていくことは忘《わす》れず、いかにもてまがかかったというふうに、しばらく休んでから、いったのだった。

サー・トービー・ベルチはサー・アンドルー・エイギュチークのところにもどると、もったいぶっていった。

「いやはや、たいへんだった。だが、安心しろ。決闘状《けっとうじょう》を受けとった以上は、冗談《じょうだん》ではすまされないが、反省しているなら、命は助けてやるといっていた。だから、いちおう戦うふりをして、剣《けん》を抜《ぬ》くんだ。そうしたら、召使《めしつか》いのフェイビアンがきみとあの小姓《こしょう》のあいだにわってはいる。それで、おたがい名誉《めいよ》を守ったということにする、とまあ、そういう段取《だんど》りだ。むこうにいったら、『さあ、決闘《けっとう》だ！』といいはなって、剣《けん》を抜《ぬ》け。あとはなんとかなる。」

「そ、そうか。それはありがたい。それじゃあ、すぐにいこう。待たせているうちに、気が変わられてもこまるからな。」

こうして、サー・アンドルー・エイギュチークとサー・トービー・ベルチはふるえながら、小姓《こしょう》のシザーリオがいるところにもどったわけだが、もちろん、ふたりはふるえる場所がちがっていた。

サー・アンドルー・エイギュチークはこわくて、からだ中、ふるえまくっていたのだが、サー・トービー・ベルチは、もうすぐ名馬が手に入ると思い、期待に胸《むね》をふるわせていたということだ。

それはともあれ、ふたりがもどると、小姓《こしょう》のシザーリオは青い顔をしていた。それを見て、サー・アンドルー・エイギュチークが小声で、サー・トービー・ベルチにいった。

「あいつ、まっ青じゃないか。ほんとうはこわがっているんじゃないか。」

「ちがう、ちがう。あいつ、さっき、『おれは、人を殺せると思うと、うれしくなって、顔色が悪くなるんだ。なに、青い顔もほんの一瞬《いっしゅん》だ。すぐに、あいての返り血を全身にあびて、まっ赤になるんだからな。』といっていた。」

「か、返り血を、ぜ、全身にか……。」

そういって、立ちどまりそうになったサー・アンドルー・エイギュチークに、サー・トービー・ベルチはいった。

「止まるな。あと十歩歩いたら、『さあ、決闘《けっとう》だ！』といって、剣《けん》を抜《ぬ》け。あとはまかせておけ。」

「わ、わかった。」

と答え、サー・アンドルー・エイギュチークが、心の中で、一歩、二歩と、十歩数えて、剣《けん》を抜《ぬ》き、

「さあ、決闘《けっとう》だ！」

とふるえる声でいいはなったときだった。

タッタッタッと足音がして、門のほうから、だれかがこちらに走ってくるではないか。

見れば、船乗り風の男だ。

男はみなのところに走ってくると、まず、小姓《こしょう》のシザーリオに、

「散歩に出たら、あなたを見かけ、なにか暗い顔をなさっていたので、あとをつけてきたのです。いったい、どういうことです、これは？」

といい、つぎに、サー・アンドルー・エイギュチークを見て、

「きさま。すぐに剣《けん》をおさめなければ、たたき殺すぞ！」

とどなりつけた。

意外な飛びいりに、そこにいた五人はみな、めんくらった。

男は腰《こし》に手をやり、短剣《たんけん》を抜《ぬ》いた。

その身のこなしを見て、召使《めしつか》いのフェイビアンがサー・トービー・ベルチの耳にささやいた。

「こいつ、けっこうな使い手ですよ。わたしはあちこちでけんかを何度も見てるから、わかるんです。あの短剣《たんけん》のにぎりかた、あれはぜったいにしろうとじゃありません。」

「こいつが使い手だってことは、わたしにもわかる。おまえ、こいつの顔に見おぼえはないか。ちょっとまえまで、町のあちこちに、人相書《にんそうが》きがはってあったろうが……。」

サー・トービー・ベルチにそういわれ、召使《めしつか》いのフェイビアンは、

「人相書《にんそうが》きですって……。」

とつぶやいたあと、

「ああーっ！　海賊《かいぞく》アントーニオ！」

と大声をあげた。

男は大きくうなずいて、いいきった。

「そうとも、おれは海賊《かいぞく》アントーニオだ！」

「ええ……？　アントーニオだって？　公爵殿下《こうしゃくでんか》の艦隊《かんたい》をふるえあがらせたアントーニオ？　そういえば、顔はたしかに人相書《にんそうが》きの……。こ、こりゃだめだ。す、すみません。」

といって、サー・アンドルー・エイギュチークは剣《けん》を捨《す》てた。

それを見て、男が小姓《こしょう》のシザーリオに、

「さあ、こんなところに長居《ながい》は無用です。帰りましょう、セバスチャン様。」

といったとき、また門のほうから足音が近づいてきた。

今度はひとりではない。ざっと数えて、十人ほどがこちらに走ってくる。

それはオーシーノ公爵《こうしゃく》の城《しろ》の衛兵《えいへい》たちだった。

先頭にいた隊長が大声でいった。

「やはり、アントーニオだな。おまえがこの屋敷《やしき》に入ったところを目撃《もくげき》した者がいたのだ。海賊《かいぞく》の罪《つみ》で逮捕《たいほ》する。神妙《しんみょう》にしろ！」

すると、男はサー・アンドルー・エイギュチークに、

「セバスチャン様に指一本でもふれたら、きさまの命はないからな。」

といい、小姓《こしょう》のシザーリオには、

「きっともどりますから、さきにお帰りください。」

といいのこし、館《やかた》の玄関《げんかん》のほうに走っていった。

そのあとを追って、十名ほどの衛兵《えいへい》がみなのまえを走り去っていく。

衛兵《えいへい》のうしろ姿《すがた》を見ながら、召使《めしつか》いのフェイビアンはサー・トービー・ベルチにたずねた。

「どうします？」

「どうするって……。」

とつぶやきながら、サー・トービー・ベルチは小姓《こしょう》のシザーリオが今までいたところに目をやったが、もうそこには、小姓《こしょう》のシザーリオの姿《すがた》はなかった。

思いがけないどたばた騒《さわ》ぎのうちに、小姓《こしょう》のシザーリオは逃《に》げ去ったのだ。

伯爵家《はくしゃくけ》の門から外に出てくると、小姓《こしょう》のシザーリオはふりむいて、ひとりごとをいった。

「あの男。海賊《かいぞく》らしいけれど、たしかに、セバスチャン様といっていた。ひょっとして、お兄様は海賊《かいぞく》になってしまったのかしら……。」

ふと気づくと、右手がなにかかたいものをにぎっている。指を開いて見てみれば、それは伯爵令嬢《はくしゃくれいじょう》オリヴィアから無理ににぎらされたペンダントだった。

11　おもしろいことはまだ起こりそう

——伯爵家《はくしゃくけ》の庭、イリリアの通り、そして伯爵家《はくしゃくけ》の門——

さて、海賊《かいぞく》アントーニオは逃《に》げ去り、それを追ってオーシーノ公爵《こうしゃく》の衛兵《えいへい》たちもどこかへいってしまったようで、小姓《こしょう》のシザーリオもいなくなり、サー・トービー・ベルチもサー・アンドルー・エイギュチークも、それから召使《めしつか》いのフェイビアンも、侍女《じじょ》のマライアも、しばらくその場に立ちつくしていたのだが、それ以上そこにいても、もうおもしろいことも起こらないようなので、館《やかた》のほうに引きあげていったのだが、そのとき、侍女《じじょ》のマライアはサー・トービー・ベルチの腕《うで》に手をかけて、

「ねえ、サー・トービー・ベルチ様。台所によって、お茶でも飲んでいきませんか？」

とさそい、サー・トービー・ベルチもまた、まんざらでもないようで、

「だったら、マライア。わたしの部屋《へや》に持ってきてくれるほうがありがたい。ふたりで飲もうじゃないか。ああ、それなら、茶よりワインがいいな。」

といってから、

「そうそう。これからはサー・トービー・ベルチ様なんていう他人行儀《ぎょうぎ》な呼《よ》びかたはやめ、トービーでいい。」

といいたした。

「でも、そんな、いきなり呼《よ》び捨《す》てなんて……。」

と侍女《じじょ》のマライアが顔を赤くすると、サー・トービー・ベルチは歩きながら少し考えて、いった。

「じゃあ、ハニーとか、マイ・スイートなんていうのはどうだ？」

「じゃあ、そうするわ、ハニー！」

侍女《じじょ》のマライアはそういって、今度は両手でサー・トービー・ベルチの腕《うで》にしがみついた。

いったい、ただ呼《よ》び捨《す》てにするのと〈ハニー〉では、どちらがてれくさいかといいうと、たいていは〈ハニー〉だろうが、侍女《じじょ》のマライアにとっては、そうではないらしい。

そんなふうにして、サー・トービー・ベルチと侍女《じじょ》のマライアはいちゃいちゃしながら、サー・アンドルー・エイギュチークは、やれやれこれで命がたすかったとほっとしながら、そして、召使《めしつか》いのフェイビアンは、この屋敷《やしき》は門以外に出口はないから、海賊《かいぞく》のやつ、この庭に逃《に》げこんだら、もう出られないだろうな、と思いながら、四人で館《やかた》までもどってくると、サー・トービー・ベルチはサー・アンドルー・エイギュチークに、

「あの小姓《こしょう》のやつ、海賊《かいぞく》まで手下にしていたとは、おそろしいかぎりだ。あいつの気が変わって、命を取りにくるまえに、きみは自分の領地《りょうち》に帰ったほうがいいだろう。だが、馬はおいていってくれよ。」

といい、サー・アンドルー・エイギュチークがなにかいうまえに、侍女《じじょ》のマライアといっしょに奥《おく》に消えてしまった。

「そういうことなら、サー・アンドルー・エイギュチーク様、ご出発の荷造《にづく》りのおてつだいをさせていただきましょう。」

召使《めしつか》いのフェイビアンにまでそういわれてしまえば、命も惜《お》しいし、サー・アンドルー・エイギュチークは領地《りょうち》に帰らないわけにいかないだろう。

サー・トービー・ベルチにしたところで、召使《めしつか》いのフェイビアンにしたところで、サー・アンドルー・エイギュチークがこれ以上伯爵家《はくしゃくけ》に滞在《たいざい》しても、おもしろくさせてくれることがなければ、さっさと帰ってほしいということだろうか。

こうして、いったんは静かになった伯爵家《はくしゃくけ》だったが、伯爵令嬢《はくしゃくれいじょう》オリヴィアはやはり、オーシーノ公爵《こうしゃく》の小姓《こしょう》のシザーリオのことが気になってしかたがなかった。

ペンダントを押《お》しつけたし、もらうのがいやなら、またここに返しにこなければならない。だから、もう一回は会えるのだが、むろんそれで満足というわけではない。

〈待てば海路《かいろ》の日和《ひより》あり〉というが、待つ、いや、松ばかりでは東洋の海岸だ。べつに日和《ひより》を待って、船で東洋にいきたいわけではないのだから、このさい、こちらからどんと出むいていって、いやでもおうでも、小姓《こしょう》のシザーリオをつれてきてしまおうと、まあ、そんな物騒《ぶっそう》なことを思いつき、ひとりで門を出て、公爵《こうしゃく》の城《しろ》のほうにむかって、歩いていった。

ところが、偶然《ぐうぜん》というのはおそろしい。門を出て、何分もしないうちに、まえから、そのシザーリオがあたりの景色《けしき》を見ながら、こちらにやってくるではないか。しかも、小姓《こしょう》の制服《せいふく》ではなく、ちょっとそのあたりに旅行にでもいくというような、小粋《こいき》ななりをしている。

伯爵令嬢《はくしゃくれいじょう》オリヴィアは小姓《こしょう》のシザーリオにかけよって、

「まあ、あなた。もどってきてくださったのね。しかも、お着替《きが》えまでなさって！」

といった。

ところが、じつはそこにいるのは小姓《こしょう》のシザーリオではなかった。むろん、小姓《こしょう》のシザーリオの正体のヴァイオラでもない。なんと、ヴァイオラの双子《ふたご》の兄のセバスチャンだったのだ。

セバスチャンにしてみれば、路上でいきなり、身分の高そうな美人に声をかけられれば、びっくりするのも無理はない。

いわれてみれば、遭難《そうなん》したときに着ていたものはさすがに塩水でだめになっていたので、アントーニオの金で服を買い、それを着ていたものだから、たしかに着替《きが》えていたといえる。

「はい。もとの衣装《いしょう》はぬれてしまいましたので、着替《きが》えましたが、それがどうかいたしましたか。」

セバスチャンがそういうと、伯爵令嬢《はくしゃくれいじょう》オリヴィアはうれしさに目をうるませ、

「まあ、ぬれてしまったなんて、そんな気を持たせるようなことをおっしゃって！いったい、どこが、どうしてぬれたのかなんて、野暮《やぼ》なことはおたずねしませんわ。ぬれるにしても、お着替《きが》えされたにしても、わたしのためにでしょう？」

といって、両手を胸《むね》のまえで合わせ、セバスチャンの目をじっと見つめた。

いやはや、ここで思い出してほしいのは、ヴァイオラがはじめてオーシーノ公爵《こうしゃく》を見たときのことだ。

ヴァイオラは、オーシーノ公爵《こうしゃく》をひと目見たとき、からだに電撃《でんげき》が走りはしなかっただろうか？

ガツーン……と！

電撃《でんげき》、恋《こい》の稲妻《いなずま》、愛の衝撃《しょうげき》！

セバスチャンとヴァイオラはただの兄妹ではない。双子《ふたご》なのだ。外見がそっくりなだけではない。性格《せいかく》だって、かなり似《に》ている……、と、どうなるか？

ここでまた、ガツーンということになるのだ。

高貴《こうき》な身分の女性《じょせい》が身につける美しい衣装《いしょう》を着た美しい女に、じーっと見つめられたのだ。しかも、伯爵令嬢《はくしゃくれいじょう》オリヴィアにしてみれば、これからオーシーノ公爵《こうしゃく》の城《しろ》に単身乗りこんで、小姓《こしょう》のシザーリオをうばいとろうという算段《さんだん》だったから、化粧《けしょう》だって完全フルメイク！

あっというまに、電撃《でんげき》、恋《こい》の稲妻《いなずま》、愛の衝撃《しょうげき》で、つぎに伯爵令嬢《はくしゃくれいじょう》オリヴィアが、

「こんなところではなんですから、屋敷《やしき》にいらしていただけないかしら？」

といったときには、〈こんなところではなんですから〉の〈なん〉とはなんなのか、

そういうことはいっさい考えず、セバスチャンは、

「では、お言葉にあまえさせていただきます。」

と答え、伯爵令嬢《はくしゃくれいじょう》オリヴィアに手を引かれ、屋敷《やしき》についていったのであった。

そのころ、本物の小姓《こしょう》のシザーリオはオーシーノ公爵《こうしゃく》の城《しろ》のすぐ近くまでもどってきていたのだが、前から蹄《ひづめ》の音が聞こえてくるので、顔をあげ、背《せ》のびをすると、馬に乗ったオーシーノ公爵《こうしゃく》が騎兵《きへい》をしたがえ、こちらに驀進《ばくしん》してくるではないか。

オーシーノ公爵《こうしゃく》のほうでも、小姓《こしょう》のシザーリオに気づいたようで、そばまでくると、馬をとめ、声をかけてきた。

「シザーリオ。海賊《かいぞく》アントーニオが出たぞ！　すでに衛兵《えいへい》たちが追っている。伯爵《はくしゃく》家《け》に逃《に》げこんだそうだが、もう袋《ふくろ》のねずみだ。すでに、伯爵《はくしゃく》の屋敷《やしき》は衛兵《えいへい》に包囲させたからな。おまえもすぐにこい！」

オーシーノ公爵《こうしゃく》はそれだけいって、騎馬隊《きばたい》をしたがえ、ふたたび馬をとばしていった。

小姓《こしょう》のシザーリオにしてみれば、その海賊《かいぞく》アントーニオのおかげで命びろいでき

たわけだし、兄の名も口にしていたのだから、その男のことが気にならないわけはない。しかも、

「おまえもすぐにこい！」

という命令なのだ。

小姓《こしょう》のシザーリオはオーシーノ公爵《こうしゃく》のあとを追って、かけだした。

伯爵家《はくしゃくけ》の門までもどると、そこにはすでに、オーシーノ公爵《こうしゃく》の衛兵《えいへい》が数人、見はりをしていた。

小姓《こしょう》のシザーリオが衛兵《えいへい》に、

「公爵殿下《こうしゃくでんか》は？」

とたずねると、衛兵《えいへい》は、

「すでに中にお入りになりました。」

と答えたのだが、そのとき、館《やかた》のほうから、さっき決闘《けっとう》になりそうになったサー・アンドルー・エイギュチークが伯爵家《はくしゃくけ》の召使《めしつか》いをひとりつれて、こちらにやってくるところだった。

またまめんどうなことになるといやなので、小姓《こしょう》のシザーリオは門柱《もんちゅう》のうしろにかくれた。

サー・アンドルー・エイギュチークと召使《めしつか》いのフェイビアンが門までくると、衛《えい》兵《へい》がふたりを呼《よ》びとめた。

「どちらへお出かけですか?」

ふたりのうち、ひとりは身分が高そうだから、衛兵《えいへい》はていねいな言葉を使ったが、いいかたはかなりきつかった。

「はい。お客様がお帰りになるので、お見送りかたがた、教会にまいります。」

召使《めしつか》いのフェイビアンがそう答えると、衛兵《えいへい》は、

「教会?」

とききなおした。

「はい。教会に神父様《しんぷさま》をおむかえにまいります。」

召使《めしつか》いのフェイビアンの答をいぶかしく思ったのか、衛兵《えいへい》がさらにたずねた。

「なぜ、神父様《しんぷさま》を?」

「はい。伯爵令嬢《はくしゃくれいじょう》オリヴィア様の叔父上様《おじうえさま》のサー・トービー・ベルチ様がご結婚《けっこん》なさるのです。」

「しかし、今、この屋敷《やしき》の庭には、海賊《かいぞく》アントーニオがひそんでいるかもしれないのだ。結婚式《けっこんしき》どころではなかろう。」

衛兵《えいへい》はそういったが、召使《めしつか》いのフェイビアンは、

「それは、てまえどものあずかり知らぬことで。」

といい、さらに、

「公爵殿下《こうしゃくでんか》は海賊《かいぞく》アントーニオにではなく、お嬢様《じょうさま》にご用があるのでは?」

と皮肉までいって、サー・アンドルー・エイギュチークといっしょに出ていってしまった。

ふたりがいなくなったところで、小姓《こしょう》のシザーリオは門柱のかげから出て、庭に入った。

そのときだった。庭の奥《おく》から、声が聞こえた。

「いたぞーっ!」

つづいて、笛の音がひびいた。
ピ、ピ、ピーッ！
さらに、小太鼓《こだいこ》が鳴りひびく。
ド、ド、ド、ド、ド……。
まるで戦争だ。

「そっちだ、そっちだ！　その木のうしろだ！」

「きた！　こっちだ！」

「よし！　やったぞ。つかまえた。逮捕《たいほ》したぞーっ！」

と、声が聞こえたところをみると、海賊《かいぞく》アントーニオは衛兵《えいへい》たちにつかまってしまったようだった。

ということは、今、ここ伯爵家《はくしゃくけ》の屋敷《やしき》の敷地《しきち》の中には、オーシーノ公爵《こうしゃく》、伯爵令嬢《はくしゃくれいじょう》オリヴィア、セバスチャンとヴァイオラの双子《ふたご》の兄妹、サー・トービー・ベルチ、侍女《じじょ》のマライア、それから海賊《かいぞく》アントーニオがいて、ひょっとすると道化《どうけ》のフェステもいるかもしれない。それに、しばらくすれば、召使《めしつか》いのフェイビアンが神父《しんぷ》をつれて、もどってくるだろう。

いったい、どういうことになってくるのだろうか。まだ、おもしろいことが起こりそうではないか。

12 正体発覚

――伯爵家《はくしゃくけ》の応接間《おうせつま》――

小姓《こしょう》のシザーリオが伯爵家《はくしゃくけ》の庭の小道をとおり、玄関《げんかん》にたどりつくと、そこには顔見知りの衛兵《えいへい》がふたりいた。そのうちのひとりに小姓《こしょう》のシザーリオが、

「海賊《かいぞく》はつかまったのですか?」

ときくと、衛兵《えいへい》は、

「公爵殿下《こうしゃくでんか》がここにおつきになるまえに、海賊《かいぞく》は逮捕《たいほ》されました。今、この屋敷《やしき》の物置《ものおき》小屋を借りて、隊長が取り調べをなさっております。」

と答えたのだが、その声には、長いあいだ追っていたおたずね者をつかまえたという晴れやかさがなかった。

その気配をさっした小姓《こしょう》のシザーリオが、

「なにか悪いことでも？」

とたずねると、衛兵《えいへい》は、

「いやあ……。」

と口ごもり、館《やかた》の中に目をやった。

そこで、小姓《こしょう》のシザーリオはきいてみた。

「公爵殿下《こうしゃくでんか》は中におられるのですか？」

「はい。しかし、今は、どうもおとりこみの最中のようで……。」

衛兵《えいへい》が口ごもると、もうひとりの衛兵《えいへい》がいった。

「まあ、中に入れば、わかりますよ。あまりおすすめはできかねますが。」

そういわれても、小姓《こしょう》のシザーリオはオーシーノ公爵《こうしゃく》に、

「おまえもすぐにこい！」

と命じられているし、じつをいえば、オーシーノ公爵《こうしゃく》に恋《こい》こがれて、ひとときもはなれていたくないというのが本音だから、そのまま館《やかた》の中に入った。

応接間《おうせつま》につづく控《ひか》えの間《ま》には、伯爵家《はくしゃくけ》の使用人も衛兵《えいへい》もいなかった。そこで、小《こ》

姓《しょう》のシザーリオは案内なしで、応接間《おうせつま》のドアを開けた。

玄関《げんかん》にいた衛兵《えいへい》が口ごもった理由はすぐにわかった。

伯爵令嬢《はくしゃくれいじょう》オリヴィアが若《わか》い男とならんで、ふたりがけのソファに腰《こし》かけており、その近くのひじかけいすに、オーシーノ公爵《こうしゃく》が両手をどかりとひじかけにのせ、足をくんで、すわっている。そのうしろには、衛兵《えいへい》がふたりひかえている。

伯爵令嬢《はくしゃくれいじょう》オリヴィアは気まずそうにうつむいている。男は窓《まど》のほうを見ているから、どんな顔なのか、こちらからは見えない。そのかわり、ふたりが手をとりあっているのはよく見える。

応接間《おうせつま》のすみのほうには、さきほど決闘《けっとう》の代人だった男、つまりサー・トービー・ベルチと、ひとりの侍女《じじょ》、つまりマライアが、身分のちがいにも臆《おく》することなく、また、人目もはばからず、手をにぎりあい、身をよせあって立っている。

だが、応接間《おうせつま》の空気を気まずいものにしているのは、そっちのふたりではない。伯爵令嬢《はくしゃくれいじょう》オリヴィアととなりの男だ。ふたりは、だれが見ても、恋人《こいびと》どうしにしか見えない。このふたりを目《ま》のあたりにすれば、オーシーノ公爵《こうしゃく》だって、いい気はしないだろう。

小姓《こしょう》のシザーリオが入ってきたのを見て、オーシーノ公爵《こうしゃく》は、

「やはり、おかしいと思ったのだ……。」

とつぶやいた。

その言葉で、伯爵令嬢《はくしゃくれいじょう》オリヴィアは顔をあげ、まずオーシーノ公爵《こうしゃく》を見た。そして、次にオーシーノ公爵《こうしゃく》が見ているほう、つまり、小姓《こしょう》のシザーリオに顔をむけた。

「えっ……?」

とかすかに声をもらし、伯爵令嬢《はくしゃくれいじょう》オリヴィアはとなりにすわっている男を見た。

その気配で、窓《まど》を見ていた男が伯爵令嬢《はくしゃくれいじょう》オリヴィアに顔をむけた。

そばにいる男と見くらべるかのように、伯爵令嬢《はくしゃくれいじょう》オリヴィアが小姓《こしょう》のシザーリオを見ると、それに合わせて、男も小姓《こしょう》のシザーリオに目をやった。

次の瞬間《しゅんかん》、男が立あがった。

「ヴァイオラ! ヴァイオラじゃないか。やっぱり、おまえ、生きていたんだな。ずいぶんさがしたぞ!」

小姓《こしょう》のシザーリオ、いやヴァイオラも驚《おどろ》きの声をあげた。

「お兄様！　お兄様がどうしてここに？」

オーシーノ公爵《こうしゃく》が伯爵令嬢《はくしゃくれいじょう》オリヴィアにいった。

「ほら、いったではないか。ここにいるのはわたしの小姓《こしょう》のシザーリオではないと！　衣装《いしょう》がちがうだけではない。わたしはここにくるとちゅう、シザーリオに会ったが、シザーリオが身軽だとはいえ、馬より早くここにこられるわけがないのだ。」

それから、オーシーノ公爵《こうしゃく》は、

「え？　だが、ヴァイオラって……。」

とつぶやき、ヴァイオラの顔を見た。

伯爵令嬢《はくしゃくれいじょう》オリヴィアは、

「だけど、まあ、なんてよく似《に》てるの……。」

といって、まだとなりにすわっている小姓《こしょう》のシザーリオの双子《ふたご》の兄、というか、ヴァイオラの兄セバスチャンとヴァイオラを交互《こうご》に見てから、やはり、オーシーノ

公爵《こうしゃく》と同じように、

「だけど、ヴァイオラって……。」

とつぶやいた。

「そうです。そこにいるのはわたしの双子《ふたご》の妹、ヴァイオラです。」

正体はヴァイオラの小姓《こしょう》のシザーリオの兄のセバスチャンの言葉に、今度はオーシーノ公爵《こうしゃく》が驚《おどろ》いた。

「妹って？　それじゃあ、シザーリオ。おまえ、女だったのか？」

さっきまで侍女《じじょ》のマライアと指などをからみあわせていたサー・トービー・ベルチも、今はあっけにとられた顔で小姓《こしょう》のシザーリオ、いや、今となっては正体がばれてしまったヴァイオラを見ている。

「そうかあ。女だったのか。女じゃあ、姪《めい》とは結婚《けっこん》できないな。サー・アンドルー・エイギュチークのやつも、女に決闘《けっとう》をもうしこむなんて、まぬけだな。」

サー・トービー・ベルチがそういうと、侍女《じじょ》のマライアは、

「そんなの、どっちだっていいじゃないの、ダーリン。それより、神父様《しんぷさま》はまだか

しら。」

といった。

そのあと、伯爵令嬢《はくしゃくれいじょう》オリヴィアは何度かセバスチャンとヴァイオラを見くらべていたが、やがて、

「きめたわ。わたしはきめました。今、叔父《おじ》がいったとおりよ。こちらが男であいてが女なら、決闘《けっとう》はもうしこめない。こちらが女であいても女なら、結婚《けっこん》はもうしこめない。だから、ここはすっぱりとあきらめなければいけないわ。」

といってから、セバスチャンの手を持ったまま、ソファにすわった。そして、引っぱられていっしょにすわったセバスチャンを抱《だ》きしめると、

「わたし、あなたにするわ！　シザーリオにそっくりだし、しかも、男だし！」

といいはなったのだ。それから、ヴァイオラのほうに手をさしだしていった。

「悪いけど、さっきのペンダント、返してくださらない？　あれは、あなたのではなく、あなたのお兄様のものだから。」

ヴァイオラはポケットからペンダントを出し、伯爵令嬢《はくしゃくれいじょう》オリヴィアのそばにいっ

て、それを手わたした。

「亡《な》くなられた兄上の喪《も》にいつまでも服しているというのではなく、ほかに好きな男がいるというなら、しかたがない。」

と、いかにも高貴《こうき》な貴族《きぞく》らしく、きっぱりと伯爵令嬢《はくしゃくれいじょう》オリヴィアをあきらめたオーシーノ公爵《こうしゃく》は、うしろにひかえている衛兵《えいへい》のひとりに命じた。

「海賊《かいぞく》アントーニオをここにつれてこい。この場を借りて、詮議《せんぎ》してやる。」

衛兵《えいへい》が出ていくと、オーシーノ公爵《こうしゃく》はヴァイオラにいった。

「おまえが女だとは気づかなかった。女ならば、小姓《こしょう》としてやとっておくわけにはいかない。」

兄が生きているとわかって、ヴァイオラのよろこびはこの上なかったが、恋《こい》しいオーシーノ公爵《こうしゃく》に、もうやとっておくわけにはいかないなどといわれては、悲しみもまた、この上ない。

「それでは、せめて侍女《じじょ》として、おそばにおいてください。」

ヴァイオラがそういうと、オーシーノ公爵《こうしゃく》は答えた。

「おまえは気がきくし、よく働く。それに、見ばえもいいから、おまえがその気なら、わたしの宮廷《きゅうてい》にいるがいい。」

そのとき、伯爵令嬢《はくしゃくれいじょう》オリヴィアはついさきほど小姓《こしょう》のシザーリオ、いや、セバスチャンの双子《ふたご》の妹のヴァイオラが、

「いいえ、これをいただくわけにはまいりません。わたしの愛はわたしの主人のものですから。」

といっていたのを思い出した。

そこで、伯爵令嬢《はくしゃくれいじょう》オリヴィアは侍女《じじょ》のマライアを手招《てまね》きして、いった。

「マライア。あなた、叔父《おじ》と結婚《けっこん》しようと思って、神父様《しんぷさま》を呼《よ》びにいかせたんでしょ？」

「さようでございます、お嬢様《じょうさま》。」

うれしそうに答えた侍女《じじょ》のマライアに、伯爵令嬢《はくしゃくれいじょう》オリヴィアはたずねた。

「ここで結婚式《けっこんしき》をあげるのはかまわないけど、あなた、花嫁衣裳《はなよめいしょう》はどうするの？持っているの？」

「いえ、まさか、きょう結婚《けっこん》することになるなんて、思ってもいませんでしたから、用意はしておりません。」

侍女《じじょ》のマライアが残念そうにそういうと、伯爵令嬢《はくしゃくれいじょう》オリヴィアは侍女《じじょ》のマライアの耳になにかささやいた。

するど、侍女《じじょ》のマライアはぱっと顔を明るくし、

「ほんとうでございますか、お嬢様《じょうさま》！」

と声をあげ、ヴァイオラにいった。

「お嬢様《じょうさま》がドレスを貸《か》してくださるとおっしゃるから、神父様《しんぷさま》がいらっしゃるまえに、わたし、着替《きが》えをしたいの。あなたも、女なのだから、いつまでも小姓《こしょう》の制服《せいふく》なんか着ていてはいけないわ。侍女《じじょ》なら、侍女《じじょ》らしい服を着ないとね。わたしのをあげるから、いっしょにいらっしゃい。もう、わたし、侍女《じじょ》の服はいらなくなったの。」

そういうわけで、ヴァイオラは侍女《じじょ》のマライアといっしょに、応接間《おうせつま》を出ていったのだった。

13 万事《ばんじ》めでたし、めでたし

――あいかわらず伯爵家《はくしゃくけ》の応接間《おうせつま》――

ヴァイオラと侍女《じじょ》のマライアが伯爵家《はくしゃくけ》の応接間《おうせつま》から出ていくと、オーシーノ公爵《こうしゃく》による海賊《かいぞく》アントーニオへの取り調べがおこなわれた。

取り調べといっても、海賊《かいぞく》アントーニオはオーシーノ公爵《こうしゃく》の艦隊《かんたい》と一戦まじえ、勝って、宝物《たからもの》をうばったことを認《みと》めたし、取り調べることなど、なにもないといえば、なにもなかった。

もちろん、セバスチャンは必死になって、海賊《かいぞく》アントーニオは自分の恩人《おんじん》であり、すばらしい人物だとかなんとか、弁護《べんご》したが、オーシーノ公爵《こうしゃく》に、

「アントーニオが海賊行為《かいぞくこうい》をするところを見てもいないで、どうしてあなたが弁護《べんご》できるのだ。」

といいかえされ、海賊《かいぞく》アントーニオにも、

「もういいのです。やったことはやったことです。せめて心残りがあるとすれば、あれは海賊行為《かいぞくこうい》ではなく、れっきとした海戦だったことが認《みと》められないことだけです。」

といわれ、どうにもこうにも、それ以上弁護《べんご》ができなくなってしまったのだ。

形ばかりの取り調べが終わって、オーシーノ公爵《こうしゃく》が、

「それでは、判決《はんけつ》をいいわたす。海賊《かいぞく》アントーニオには……。」

とそこまでいったとき、だれもが死刑《しけい》か終身刑《しゅうしんけい》だろうと、そう思った。

しかし、間《ま》が悪いというか、間《ま》がいいというか、そのとき、召使《めしつか》いのフェイビアンといっしょに、イリリア教会の神父が助祭をつれて、応接間《おうせつま》に入ってきた。そして、サー・トービー・ベルチを見て、

「サー・トービー・ベルチ様。すでに皆様《みなさま》おそろいのようですね。」

といった。そして、そういったあと、そこにオーシーノ公爵《こうしゃく》がいることに気づき、

「これはこれは公爵殿下《こうしゃくでんか》。殿下《でんか》までも、サー・トービー・ベルチ様の結婚式《けっこんしき》にご参列とは、これで式の格《かく》もいやましにあがるというものです。」

とお世辞をいった。

死刑《しけい》にしろ、終身刑《しゅうしんけい》にしろ、おめでたい席で、そういうことを持ちだすのは、あまりよくないと思ったのだろう。オーシーノ公爵《こうしゃく》は、

「いやなに……。」

といって、言葉をにごした。

そのとき、美しいドレスに着替《きが》えた侍女《じじょ》のマライアが侍女《じじょ》の服を着たヴァイオラをつれて入ってきたかというと、そんなことはなく、美しいドレスに着替《きが》えた侍女《じじょ》のマライアが入ってくるにはきたのだが、つれていたのは、侍女《じじょ》の服をきたヴァイオラではなく、マライアが着ているドレスとくらべ、美しさにおいて、まさるともおとらないドレスを着たヴァイオラだった。

ここでまた、ガツーン！　恋《こい》の稲妻《いなずま》、愛の衝撃《しょうげき》！　早い話がひと目ぼれというやつが起こった。

思い出してほしいのは、きれいな女性《じょせい》が髪《かみ》を短くし、男装《だんそう》、つまり、男のかっこうをすると、いっそうきれいに見えることもある……ということだ。思い出したら、

もう一歩考えを進めてほしい。男のかっこうをしてすら、いっそうきれいに見える女性《じょせい》が、もう一度ドレスに着替《きが》えたらどうなるか？

しかも、そのドレスといえば、そこいらへんの町娘《まちむすめ》が着るような安物ではなく、伯爵令嬢《はくしゃくれいじょう》のクローゼットにあるようなドレスなのだ。いったい、そういうドレスを着たら、男装《だんそう》をしているときよりもさらに美しく見えるのではなかろうか。しかも、化粧《けしょう》をしたのは、侍女《じじょ》のマライアで、マライアは常日頃《つねひごろ》、伯爵令嬢《はくしゃくれいじょう》オリヴィアの化粧《けしょう》をしているから、そのテクニックはなみたいていではない。

まっ暗な部屋《へや》だって、昼間のように明るくしてしまうのではないかという、それくらいの美しさで、ヴァイオラがもどってきたのだ。

オーシーノ公爵《こうしゃく》はその瞬間《しゅんかん》、ガツーンであり、恋《こい》の稲妻《いなずま》であり、愛の衝撃《しょうげき》という状態《じょうたい》におちいってしまった。

これまでのいきさつから、小姓《こしょう》のシザーリオ、いや、ヴァイオラがオーシーノ公爵《こうしゃく》に恋心《こいごころ》を燃《も》やしているということは、伯爵令嬢《はくしゃくれいじょう》オリヴィアにはわかっていた。さらに、男装《だんそう》のヴァイオラに熱をあげたのは自分自身であり、それなら、いわば女装《じょそう》のヴァイオラを見たら、十中八九《じっちゅうはっく》、オーシーノ公爵《こうしゃく》が恋《こい》におちないはずはないと、伯爵令嬢《はくしゃくれいじょう》オリヴィアは思い、侍女《じじょ》のマライアに命じて、マライアが着替《きが》えるときに、ヴァイオラもドレスに着替《きが》えさせるように命じたのだ。

それは、新たに好きになったセバスチャンや、ヴァイオラのためではない。自分自身、伯爵令嬢《はくしゃくれいじょう》オリヴィア自身のためだった。なぜなら、ほかに好きな女ができれば、オーシーノ公爵《こうしゃく》は自分のことなど、どうでもよくなるだろうと、伯爵令嬢《はくしゃくれいじょう》オリヴィアはそう思ったからだ。こっちが好きではないあいてに好かれているというのは、あまり塩梅《あんばい》のいいことではない。

案《あん》の定《じょう》、ヴァイオラを見て、オーシーノ公爵《こうしゃく》はヴァイオラにいった。

「むろん、かしこいおまえのことだから、わかっていようし、また、わかっているからこそ、そのように着飾《きかざ》ってまいったのであろうが、ついさきほど、わたしは、『おまえがその気なら、わたしの宮廷《きゅうてい》にいるがいい。』といったが、あれはもちろん、侍女《じじょ》として、わたしの宮廷《きゅうてい》にいるがいい、という意味ではない。妻《つま》として宮廷《きゅうてい》にいてほしいということだ。」

と、まあ、そういうわけで、伯爵令嬢《はくしゃくれいじょう》オリヴィアはセバスチャンと、サー・トービー・ベルチは侍女《じじょ》のマライアと、それから、オーシーノ公爵《こうしゃく》はヴァイオラと、三組のカップルができあがり、しかも、そのうちの一組はこれから結婚式《けっこんしき》で、さらには、伯爵令嬢《はくしゃくれいじょう》オリヴィアは、セバスチャンの気が変わらないうちに、叔父《おじ》の結婚式《けっこんしき》と合同結婚式《けっこんしき》をあげてしまおうかと思いはじめていて、オーシーノ公爵《こうしゃく》も、伯爵令《はくしゃくれい》嬢《じょう》オリヴィアと同様なことを頭の中でたくらみはじめていたのであるから、これで、めでたし、めでたし……かというと、ここでみな、はっとわれにかえった。

海賊《かいぞく》アントーニオの判決《はんけつ》がまだだった。

そこで、オーシーノ公爵《こうしゃく》が判決《はんけつ》を出してしまうまえに、伯爵令嬢《はくしゃくれいじょう》オリヴィアがいった。

「公爵殿下《こうしゃくでんか》。こうなってきますと、わたくしは殿下《でんか》の姉ということになりますね。だって、殿下《でんか》の妻《つま》はわたしの夫の妹ですから。もちろん、夫のセバスチャンも殿下《でんか》の兄となります。ときに、そこにいる海賊《かいぞく》アントーニオは夫の恩人《おんじん》ですから、殿下《でんか》の兄の恩人《おんじん》ということになります。殿下《でんか》は兄の恩人《おんじん》に手をくだすことがおできになりますか？　昔から『兄弟の愛人には手を出すな。兄弟の恩人《おんじん》には手をくだすな。』というではありませんか。」

「しかし、この男、ここで釈放《しゃくほう》してしまえば、またわが艦隊《かんたい》をおそうかもしれない。」

オーシーノ公爵《こうしゃく》がそういうと、今度はセバスチャンがいった。

「おそれながら、殿下《でんか》とわたしは兄弟となるのですが、兄であるわたしを助けてくれたアントーニオが弟であるあなたの艦隊《かんたい》に手を出すでしょうか。出しはしません。それでもご心配なら、アントーニオが殿下《でんか》の艦隊《かんたい》に手を出せなくする妙案《みょうあん》がございます。」

「妙案《みょうあん》とはどんな？」

身をのりだしたオーシーノ公爵《こうしゃく》に、セバスチャンは答えた。

「アントーニオを殿下《でんか》の艦隊《かんたい》の提督《ていとく》にするのです。自分の艦隊《かんたい》を攻撃《こうげき》する提督《ていとく》がおりましょうか。それに、こうもうしてはなんですが、アントーニオは殿下《でんか》の艦隊《かんたい》をうちまかすほどの男です。そういう男に殿下《でんか》の艦隊《かんたい》をまかせれば、地中海は殿下《でんか》のものです！」

地中海は殿下《でんか》のものといいきられ、すでにヴァイオラで頭がぼうっとしているオーシーノ公爵《こうしゃく》は、ますます頭をぼうっとさせ、顔を上気《じょうき》させ、

「なに？　地中海はわたしのもの……？」

とつぶやいて、うっとりとした目を天井《てんじょう》にむけた。そして、そのまま数秒間、天井《てんじょう》を見つめていたが、やがてアントーニオを見て、

「アントーニオ。判決《はんけつ》をいいわたす。おまえを条件《じょうけん》つきで、無罪《むざい》とする。条件《じょうけん》とは、わが艦隊《かんたい》の提督《ていとく》になることだ。これを拒否《きょひ》すれば……。」

といったのだが、オーシーノ公爵《こうしゃく》がそのさきをいうまえに、アントーニオが大きな声でそれをさえぎった。

「かしこまりました。このアントーニオ、自助協力などというなまやさしい精神《せいしん》ではなく、今後は殿下《でんか》のために滅私奉公《めっしぼうこう》、克己殉公《こっきじゅんこう》の精神《せいしん》で、艦隊《かんたい》の提督《ていとく》をつとめさせていただきます。むろん、滅私奉公《めっしぼうこう》の公と克己殉公《こっきじゅんこう》の公は、いずれも公爵殿下《こうしゃくでんか》の公であることはいうまでもございません！」

ということで、万事《ばんじ》めでたし、めでたしであった。

エピローグ

結局、近隣《きんりん》各国から貴賓《きひん》をまねいての披露宴《ひろうえん》はいずれまたということにして、善《ぜん》はいそげということか、サー・トービー・ベルチと侍女《じじょ》のマライアの結婚式《けっこんしき》のときに、とにかく神様に結婚《けっこん》の誓《ちか》いだけは立てておこうと、伯爵令嬢《はくしゃくれいじょう》オリヴィアとセバスチャンのカップルだけではなく、オーシーノ公爵《こうしゃく》とヴァイオラのふたりも、イリリア教会の神父《しんぷ》に結婚式《けっこんしき》をあげてもらってしまった。それで、めでたし、めでたしになったのではあるが、ここにひとり、まったくめでたくない男がいた。

それは侍従《じじゅう》のマルヴォーリオだ。

侍女《じじょ》のマライア、いや、今はもうサー・トービー・ベルチの奥方《おくがた》となっているマライアの書いたにせ手紙により、天国の門のまえまで舞《ま》いあがったあと、いつのまにか、いや、ほんとうに侍従《じじゅう》のマルヴォーリオにしてみれば、知らないうちに、伯《はく》爵令嬢《しゃくれいじょう》オリヴィアが結婚《けっこん》してしまい、気分としては地獄《じごく》の門のまえで順番を待っているようなものだった。

いつのまにかというのはどういうことかというと、あの日、狂《くる》ったようになって、

「お嬢様《じょうさま》ーっ！」

と大声をあげ、伯爵令嬢《はくしゃくれいじょう》オリヴィアが去っていったほうに走っていき、サー・トービー・ベルチがまだまだ侍従《じじゅう》のマルヴォーリオをからかうことにやる気満々《まんまん》だったあと、侍従《じじゅう》のマルヴォーリオはもう、サー・トービー・ベルチたちにからかわれることもなかったかわりに、伯爵令嬢《はくしゃくれいじょう》オリヴィアに追いつくこともなかった。なぜならば、あのときあそこで、木のかげから一部始終を見ていた者がいて、足の速いその男が館《やかた》の玄関《げんかん》にさきまわりし、

「台所の地下の食糧庫《しょくりょうこ》です。あとからお嬢様《じょうさま》がいらっしゃる段取《だんど》りになっていますから、さきにいって待っていてください。」

とうそをつき、いっしょに食糧庫《しょくりょうこ》に入ったところで、みぞおちに一発、強烈《きょうれつ》なあて

みをくらわせて、気絶《きぜつ》させたからだ。

そういう気のきく男といえば、もちろん道化《どうけ》のフェステのほかにはいない。道化《どうけ》のフェステは伯爵家のことなら、たいていのことは知っているから、サー・トービー・ベルチと侍女《じじょ》のマライアのたくらみも、召使《めしつか》いのフェイビアンにきいて知っていたし、食糧庫《しょくりょうこ》の鍵《かぎ》のありかもわかっている。そういういろいろなことが頭の中に入っていないと、道化《どうけ》などという仕事はつづけていけないのだ。

侍従《じじゅう》のマルヴォーリオが気絶《きぜつ》してしまうと、道化《どうけ》のフェステは食糧庫《しょくりょうこ》の外から鍵《かぎ》をかけ、結婚式《けっこんしき》がとりおこなわれたときには、なにくわぬ顔で、そこにまぎれこんでいた。そして、夜になると食糧庫《しょくりょうこ》にもどり、目ざめて、たけりくるっている侍従《じじゅう》のマルヴォーリオをなんとかなだめ、手紙がにせものだったことも教えてやった。

道化《どうけ》というのは、人を怒《おこ》らせるのもうまいが、怒《おこ》っている人をなだめるのもうまい。それで、侍従《じじゅう》のマルヴォーリオの怒《いか》りはおさまったのだが、手紙がにせものだとなると、今度は怒《いか》りのかわりに、恥《は》ずかしさでまっ赤になり、その次には、

「お嬢様《じょうさま》にとんでもないことをいってしまった。これじゃあもう、お屋敷《やしき》にはいら

れない。」

と青くなって、うなだれた。

それを見て、道化《どうけ》のフェステはいった。

「まだお嬢様《じょうさま》のお兄様の伯爵様《はくしゃくさま》がご存命《ぞんめい》のころ、わたしは何度もしくじったことがありますよ。それで、あとであやまりにいくと、伯爵様《はくしゃくさま》は、『そんなことがあったか？　気づかなかったな。』と、そうおっしゃってくださったものです。いや、気づかないはずはないんです。気づかなかったふりをされていただけです。それで、そのあとすぐ、『ところで、フェステ。このごろ、町ではどんな歌がはやっているのだ。』などとおっしゃって、気まずい雰囲気《ふんいき》を一掃《いっそう》されてしまわれたものです。お嬢様《じょうさま》はその伯爵様《はくしゃくさま》の妹君《いもうとぎみ》ですからね。そういうところも似《に》ておられるはずです。だから、あした、お嬢様《じょうさま》のところにいって、『きのうは失礼いたしました。道化《どうけ》のフェステのやつに、強い酒を飲まされて、頭がおかしくなっていたようで。』とかなんとかいって、あやまりさえすればいいんです。そうしたら、お嬢様《じょうさま》はきっと、『あら、そう？　そんなことより、マルヴォーリオ。マライアがやめたあと、侍女《じじょ》をひとりやとわなければならないのよ。あなた、あてがあるかしら?』とかなんとかおっしゃるにきまってますよ。」

「そんなふうにおっしゃるだろうか?」

あいかわらず青い顔をして、侍従《じじゅう》のマルヴォーリオがそういうと、道化《どうけ》のフェステは、

「だいじょうぶ!」

とうけあってから、しみじみとした口調でいった。

「まあ、なんですよ。そういう器量がないと、貴族《きぞく》の当主様はやっていけないってことです。侍従《じじゅう》の采配《さいはい》もたいへんだろうし、道化《どうけ》には道化《どうけ》の苦労もあります。それとおなじで、貴族《きぞく》の当主だって、こっちで見ているほどには楽じゃないでしょう。気づいたことをいちいち口に出していたら、家臣の心ははなれてしまいます。このお屋敷《やしき》だって、けっこうがんじょうだし、公爵殿下《こうしゃくでんか》のお城《しろ》は難攻不落《なんこうふらく》といわれていますけどね、最後の最後、主人の貴族《きぞく》を守るのは屋敷《やしき》や城《しろ》ではありません。家臣ですからね。ほら、〈人は石垣《いしがき》、人は城《しろ》。〉なんていう言葉だってあるくらいですよ。

家臣の心をぐっとつかむには、見て見ぬふりができなけりゃいけません。そんなことができないんじゃあ、貴族《きぞく》の当主として失格《しっかく》ですね。伯爵《はくしゃく》の令嬢《れいじょう》だってそうなのです。まして、公爵殿下《こうしゃくでんか》ともなると、どういうことになるのでしょうねえ。たいへんだろうなあ……。」

それで、翌朝《よくちょう》、侍従《じじゅう》のマルヴォーリオが伯爵令嬢《はくしゃくれいじょう》オリヴィアのところにあやまりにいき、道化《どうけ》のフェステがいったとおりのことをいうと、伯爵令嬢《はくしゃくれいじょう》オリヴィアは、

「あら、そう？　気がつかなかったわ。そんなことより、マルヴォーリオ。どうも叔父様《おじさま》がお友だちから馬をだましとったみたいなの。そういうのは、やっぱりいけないことだから、馬をお返しするように、あなたから、それとなくいってくれるとうれしいんだけど。あ、それから、わたし結婚《けっこん》したのよ。あなた、披露宴《ひろうえん》の一部始終、しっかり手配してね。」

と、道化《どうけ》のフェステがいったのとは一字一句《く》ちがわないわけではなかったが、だいたいおなじようなことをいったのだった。

「かしこまりました、お嬢様《じょうさま》。」

そういって、伯爵令嬢《はくしゃくれいじょう》オリヴィアのまえをさがると、侍従《じじゅう》のマルヴォーリオは侍従室《じじゅうしつ》にもどり、まずサー・トービー・ベルチに馬のことをどういうかを考え、それから、披露宴《ひろうえん》に呼《よ》ぶお客のリストを作りはじめたのであった。

まあ、全体としては、やはりめでたし、めでたしというところだろうか。

解説《かいせつ》

西戸《にしど》　四郎《しろう》

日本では〈十五夜〉とか〈十三夜〉という言葉にはなじみがある。だが、〈十二夜〉はこれとはまるで関係がない。十五夜といえば、旧暦《きゅうれき》の八月十五日で、十三夜は旧暦《きゅうれき》の九月十三日。いずれも月が美しいとされている夜のことだ。

この本のタイトルになっている〈十二夜〉は月の美しい夜のことではなく、プロローグでいわれているように、一月六日の夜のことだ。そして、これもまたプロローグでいわれているように、この物語は十二夜とはほとんどかかわりがなく、シェイクスピアの原典でも、〈十二夜、（Twelfth Night）〉という言葉は、タイトル以外では一度も出てこない。そのかわりというわけでもなかろうが、この作品には、『御意《ぎょい》のままに（What You Will）』という副題がついていて、どちらかというと、『十二夜』より『御意《ぎょい》のままに』のほうが作品の内容《ないよう》をあらわしているのではなかろうか。

さて、『十二夜』の原典を書いたシェイクスピアは、一五六四年に生まれ、一六一六年に亡《な》くなったイギリスの詩人、劇作家《げきさっか》であり、『十二夜』は一六〇〇年前後に書かれたといわれている。いわれているというのは、たとえば、一五九九年なら一五九九年に書かれたという明確《めいかく》な証拠《しょうこ》がなく、ほかのいろいろなことから推察《すいさつ》して、一五九九年から一六〇一年のあいだに書かれたのではなかろうかと思われているということだ。

こういうことは、シェイクスピアを研究している学者にとっては重要なことかもしれないが、一般《いっぱん》の読者にとっては、一五九九年でも一六〇一年でも、たいしてかわらないのではなかろうか。いや、そんなことはない、そういうことは非常《ひじょう》に大事なのだと、そう思われる読者は、世にあふれているシェイクスピアの研究書や研究論文《ろんぶん》を読まれるといいだろう。イギリス人やアメリカ人が書いた英語のものはもちろん、その翻訳《ほんやく》や、それからまた、日本人が日本語で書いたものがたくさんある。ドイツ人が書いたドイツ語のものもある。

さて、ここでは、斉藤洋の『十二夜』だ。斉藤洋の「シェイクスピア名作劇《げき》場《じょう》」はこれで五冊目《さつめ》だが、今度もまた、〈やってくれたね〉感の強い作品になっている。〈やってくれたね〉感というのは、いったい原典のせりふをどこまでそのまま使っているのか、ほとんど使っていないのではないか、という印象のことである。「シェイクスピア名作劇場《げきじょう》」の既刊《きかん》の四作品とくらべて、この『十二夜』が最も〈やってくれたね〉感が強い。しかも、同じせりふを使わないだけではなく、最後のほうになると、原典では舞台《ぶたい》が伯爵家《はくしゃくけ》のまえであるのに、斉藤洋の『十二夜』では、伯爵家《はくしゃくけ》の応接間《おうせつま》になっており、しかも、登場人物の出方が原典とはかなりちがうのだ。

それから、もちろんこれも原典にはないことだが、斉藤洋の『十二夜』では、『ハムレット』の登場人物を思わせる固有名詞《めいし》と、『ロミオとジュリエット』を暗示《あんじ》している言葉のいいまわしが出てくる。それがどこなのかは、「シェイクスピア名作劇場《げきじょう》」の『ハムレット』と『ロミオとジュリエット』をよく読むと見つかるだろうから、その箇所《かしょ》はここでは指摘《してき》せず、読者の楽しみにとっておくことにする。また、原典とどれくらいちがうのか、原典の翻訳版《ほんやくばん》でもよいから、読んで、斉藤洋の『十二夜』とのちがいをしらべてみるのもおもしろいのではないだろうか。

ところで、原典は戯曲《ぎきょく》、つまり芝居《しばい》の台本であり、戯曲《ぎきょく》を物語化するときには、どうしても語り手が必要だ。今回、斉藤洋は「シェイクスピア名作劇場《げきじょう》」の『夏の夜《よる》の夢《ゆめ》』と同じように、鳥瞰《ちょうかん》する語り手を用いている。『夏の夜《よる》の夢《ゆめ》』も『十二夜』も喜劇《きげき》である。したがって、ひとつの視点《してん》でぐんぐん進んでいく一人称《いちにんしょう》の語り手よりも、よそ見をしつつ、無駄口《むだぐち》をたたきながら話していく語り手のほうが喜劇《きげき》にはむいていると、斉藤洋はそう思ったのかもしれない。

しかし、いろいろなことをやる作家ではある……。

文　斉藤 洋(さいとう・ひろし)
1952年東京に生まれる。
亜細亜大学教授。1986年『ルドルフとイッパイアッテナ』で講談社児童文学新人賞を受賞。1988年『ルドルフともだちひとりだち』で野間児童文芸新人賞を受賞。1991年「路傍の石」幼少年文学賞を受賞。2013年『ルドルフとスノーホワイト』で野間児童文芸賞を受賞。主な作品に、『シュレミールと小さな潜水艦』、『ルーディーボール』(以上すべて講談社)、「なん者ひなた丸」シリーズ(あかね書房)、『白狐魔記』(偕成社)、『テーオバルトの騎士道入門』、「西遊記」シリーズ、「ギリシア神話」シリーズ(共に理論社)などがある。

絵　佐竹美保(さたけ・みほ)
富山県に生まれる。イラストレーターとして、SF、ファンタジー、児童書の世界で活躍。装画・挿絵の仕事に、『絵本　千の風になって』(理論社)、『不思議を売る男』、『虚空の旅人』(共に偕成社)、「魔女の宅急便」シリーズ(福音館書店)、「ブンダバー」シリーズ(ポプラ社)、「リンの谷のローワン」シリーズ(あすなろ書房)、「ハウルの動く城」シリーズ、「大魔法使いクレストマンシー」シリーズ(共に徳間書店)、「シェーラ姫のぼうけん」シリーズ(童心社)、「斉藤洋のギリシア神話」シリーズ(理論社)などがある。

シェイクスピア名作劇場5

十二夜

2015年1月30日　初版発行

文――――斉藤 洋
絵――――佐竹美保
原作―――ウィリアム・シェイクスピア
発行者――山浦真一
発行所――あすなろ書房
〒162-0041　東京都新宿区早稲田鶴巻町551-4
電話　03-3203-3350（代表）

カバーデザイン　坂川栄治＋坂川朱音（坂川事務所）
本文デザイン･組版　アジュール
印刷所　佐久印刷所
製本所　ナショナル製本
企画･編集　小宮山民人（きりんの本棚）

ISBN978-4-7515-2775-7　NDC933
Printed in Japan